ハヤカワ文庫 SF

〈SF2068〉

宇宙英雄ローダン・シリーズ〈521〉

水宮殿の賢人

ウィリアム・フォルツ＆H・G・エーヴェルス
渡辺広佐訳

早川書房

7770

PERRY RHODAN
DAS ORAKEL
GEFAHR AUS M19
by
William Voltz
H. G. Ewers

Translated by
Hirosuke Watanabe
First published 2016 in Japan by
HAYAKAWA PUBLISHING, INC.
This book is published in Japan by
arrangement with
PABEL-MOEWIG VERLAG GMBH
through JAPAN UNI AGENCY, INC., TOKYO.

目次

水宮殿の賢人

水宮殿の賢人

ウィリアム・フォルツ

登場人物

サーフォ・マラガン ブレザー・ファドン スカウティ	ベッチデ人のもと狩人
カルヌウム グー	クランドホルの公爵
シスカル	惑星クランの女防衛隊長
チリノ	宇宙港の管理責任者
コヌク	賢人の従者
クランドホルの賢人	公爵の助言者

1

　前かがみに歩く小柄なクラン人老女は監視ルームを数歩で横切り、モニターのならぶ席に腰をおろした。

　ブルセル宇宙港からノースタウンに数分前に到着していたチリノは、これからもっと驚くことになるとはわかっていない。つまり、シスカルのゆるぎない冷静さや、百二十六歳という高齢にもかかわらず、睡眠をとらず何日間もやっていける体質について。

　惑星クランの防衛隊をひきいる女指揮官と、宇宙港の管理責任者はいま、モニター・スクリーンをいっしょに見ている。そのほとんどには、ダロスと呼ばれる広場にそびえる水宮殿《みずきゆうでん》とスプーディ船がうつっていた。数分前にはクラン人が群がっていたが、いまは人っ子ひとりいない。集まった人々の頭上に、スプーディ船が警告発砲したのだ。賢人の従者たちは、ふたりの公爵カルヌウムとグーとともに水宮殿にひきこもった。グーの謎のロボット従者、フィッシャーも、カルヌウムの廷臣だった巨体のターツ、クラーケを殺したのち、同様に水宮殿のなかに姿を消していた。

過去にチリノはしばしば考えをめぐらせたものだ。クランドホル公国に突然降りかかる危機は、どのようにはじまるのかと。しかし、悪夢のような空想においてさえ、けっして思いつかなかった。クラン人の星間帝国の中枢が、いままさに直面しているような攻撃にさらされるなどとは。

思わず、宇宙港の管理責任者はため息をついた。

シスカルがシートを回転させる。

「目下、すべてはしずかなようだが」と、防衛隊長は確認するように、「なぜ、あなたにご足労願ったか、想像はつくと思う」

「ろくでもない理由ならごまんとありますな」チリノは皮肉まじりのジョークを試みる。

「ツァペルロウは死んだ」老女が陰鬱にいう。「重傷を負ったグーは生きのびるかどうかわからない。カルヌウムに関しても、いまのところ、なにも期待できない。さいわい、クランのような文明社会は、しばらくなら、本来の指導者がいなくとも機能するメカニズムを持ちあわせている……だが、あくまでも、しばらくのあいだだけのこと」

チリノはシスカルを吟味するように見つめ、

「どういうことでしょう?」

「必要とあらば、われわれふたりが」と、彼女は答える。「ほかの責任ある男女数名とともに、政務をひきうけることになる」

当然といえば当然の提案だが、チリノは驚いた。このようななりゆきをまったく考えていなかったからだ。しかし、ここにいる小柄な防衛隊長は平然と、自分たちが今後クランドホル公国を統治すると告げたのだ。

シスカルとふたりだけで、と、チリノは考えた。なぜなら、彼女が名前をあげたほかの責任ある男女は、基本的には下位の者たちだったから。

「どのように思い描いているので？」と、チリノはたずねる。

「まもなく、ここに兄弟団の使者が到着し、われわれと協議することになっている」

チリノは目を大きく見開き、

「兄弟団の使者が」と、唖然としてくりかえす。「われわれと協議する！」

深いしわのある狼のようなシスカルの顔がゆがんで、かすかな笑みが浮かぶ。毅然とした内面が見てとれるが、それは狡猾《こうかつ》な笑みでもあった。

「風向きは変わった、チリノ」と、老女がいう。「それは感じているはず。公国を賢人から自立させるべきという考えは、すでに、たんなる兄弟団の宣伝スローガンというだけではなくなっている」

宙航士は腹だたしげにうなずき、

「わかります」と、いう。「クランのいたるところで、兄弟団のメンバーが穴から出てきて、公式に自分たちの考えを主張している」

シスカルはチリノを無遠慮に見つめると、

「すべては自然にすたれてきたのだ。われわれ全員、賢人のもっとも親密な従者が異人であることと、そもそも賢人が何者であるのか知らないことを、無意識のうちに不快と感じてきた。この不快感がまず第一に兄弟団のスローガンにあらわれている。正直にいえば、スローガンのいくつかはもっとよく考察する価値がある。つまり、わたしは、かれらの考えに共感できるかもしれない」

「それで、兄弟団の使者と会談すると？」

「それだけではない、チリノ！　逃げ道をつくっておくためだ。われわれが公爵たちにかわって統治をひきうけることになれば、想像もつかない仕事が待ちうけている。だから、兄弟団の支持が必要だ。すくなくとも、黙認させるくらいは」

「でも、賢人は？」チリノは疑わしげだ。「賢人はどのように反応するでしょう？」

「何度もくりかえし証明されてきた賢明さと先見の明を、賢人が半分でも持ちあわせていさえすれば、状況を正しく評価し、しかるべき行動をとるだろう。しかし、まずは、われわれが主導権をにぎっていることをはっきりとしめさなければならない」

「なにを考えているので？」

「大型艦三百隻をダロス上空に集結させ、その砲口をスプーディ船に向ける」シスカルは断固としていう。

　チリノの顔が青ざめる。

　かれが異議を唱える前に、シスカルはつづけた。

「クラン人が故郷惑星で砲撃されるなど、けっして、二度とあってはならない……たとえ、威嚇《いかく》目的であれ」

「戦闘になるかもしれません！」

「クラン艦三百隻を目の前にして、発砲するほど狂っている者など、スプーディ船のなかにはいない」

　このとき、チリノは理解した。公爵たちの地位につくのは、自分たちではなく、シスカルだけなのだと。だが、それをとくに不満だとは思わない。

　クラン防衛隊の青い制服を着用した一ターツがはいってきた。かれが武器をむきだしにし、安全装置をはずしている姿は、目下の状況では絵になる。

「兄弟団の使者が到着しました」防衛隊員がいう。

「すこし、待たせるのだ」と、シスカルはいい、隊員を送りだす。

　それから、宇宙港管理責任者に向きなおり、

「兄弟団の本来の指導者連中はこれまでずっと、どこかにひそんでいる。われわれ、か

れらと会談するよう試みなければならない。かれらがなにをもくろんでいるのか、探りださなければ。政治的にふるまっている連中とはまったくべつの目的を追っているのではないかと、よく疑問に思うのだ」

「われわれがいまから話をするのは、かれらの指導部のひとりではないと？」

彼女はかぶりを振り、

「よろしいか」と、提案する。「相手の一言一句に神経を集中するように。ひょっとしたら、ヒントが見つかるかもしれないから」

シスカルは使者を呼びいれる。中背の見栄えのしないクラン人だ。有力者のクラン市民ふたりに対し、内気さと板についていない横柄さがまじったような挨拶をする。

「ズルディンだ」と、自己紹介し、「兄弟団の要求を伝える任を負っている」

シスカルは無言で相手をじろりと見つめる。彼女の視線にさらされて、やがてズルディンはもじもじしはじめた。チリノはそのさまを楽しむと同時に、シスカルに対する感嘆の念をおぼえる。

ようやく、防衛隊の女指揮官はあざけるようにたずねた。

「そもそも、団を代表して要求を述べる権限を持っているのだろうな？」

訪問者の顔は怒りで真っ赤になり、

「でなければ、ここにはこない！」

「指導者のひとりなのか？」

「い……いや！」そのことを認めるのが見るからにつらそうだ。「いずれにしろ、狭義の意味ではそうではない」

シスカルはチリノのほうを向き、

「われわれのところに使い走りをよこしたようだ」と、さげすむようにいう。

一瞬、ズルディンは完全にわれわれを忘れたかのようだったが、気をしずめ、

「われわれ、賢人の従者たちが全員クランを去ることを要求する」と、告げる。「賢人の正体を明かしてもらいたい。そののち、賢人をどのようなかたちで利用するか、決定するつもりだ」

チリノはもっとずっとむずかしい要求を覚悟していた。兄弟団が登場した当時にかれらのスポークスマンたちが要求していたことにくらべると、ズルディンによって提示された内容はむしろ穏健に思われた。

「何十年も、賢人は非の打ちどころのない助言をしてきた」シスカルが思いださせるようにいう。「その助けがなければ、われらが星間帝国はこれほどすみやかに拡張できなかった」

「われわれはべつの見方をしている」と、ズルディン。「賢人はわれわれをその気にさせて、とほうもない拡張政策をうけいれさせたのだ。われわれを駆りたて、帝国の境界

をますます宇宙空間の先へとのばしてきた。おそらくわれわれは、賢人の権力欲を実現する手先にすぎなかったのだろう。その展開が非常に速かったために、われわれは手にいれた宙域を自力でコントロールできず、またもや賢人の指図で、ほかの諸種族を組みいれることになった。数例あげただけでも、ターツ、リスカー、プロドハイマー＝フェンケンなどが、われわれに協力している。まもなく、さらなる諸種族がくわわるだろう。クランにはすでに異文化の過度の影響がはっきりあらわれている。こうしたことすべてをやめなければならない」

「賢人はクラン人の基本理念をけっして傷つけていない」シスカルがやんわりという。「それに、いまは、過去に生じたことがいいとか悪いとか争うときではない。われわれ、重大な危機を克服しなければならないのだから。兄弟団の要求は聞いておくが、まずは状況安定化のためにつくさなければならないのだ。そちらの指導者たちに、われわれが理性的な行動を期待していると伝えてほしい。いままさに兄弟団の煽動者《せんどうしゃ》が、惑星のいくつかの地域で、市民を動揺させてカオスをひきおこそうとしている」

「賢人がこれ以上クラン文明の運命を決めることは許されない」ズルディンがきっぱりという。「そのため、われわれ、戦うことをやめるわけにはいかない」

多かれすくなかれ暗記したスローガンを論拠にしている点で、ズルディンは兄弟団の重要なメンバーではないとわかる。この男は兄弟団の指導者たちのために、スパイするのが目的なだけではないかと、チリノは疑念をいだいた。おそらく、シスカルやチリノやほかの有力なクラン市民が、今後いかなる役割をになうことになるのかを、探るよういわれているのだろう。

　チリノは、兄弟団が宣言しているのと違う目的を追っている可能性があるという、シスカルの推測を思いだす。

「わたしは、ここクランで、いつでもそちらの指導者たちと話す用意がある」と、シスカルがいう。

「しかし、かれらはここには……」ズルディンはそういうと、突然黙りこみ、しゃべりすぎたかのように、不機嫌に頭をぐいとうしろにそらせた。

　シスカルは相手をずっと見つめている。

　訪問者はいまなにをいおうとしたのだろうかと、チリノは頭をめぐらせた。兄弟団の指導者たちはクランにいないということなのか？

「〝汚染されたデリル〟を知っているか？」シスカルが使者にたずねる。

「いや」と、ズルディンが答える。「その名前は聞いたことがない」

「なら、いい」と、シスカルが手ぶりをする。「重要なことではないから。派遣者たちに伝えてもらいたい。われわれがクランに秩序を回復しようとしていること、クランドホル公国を維持しようと懸命にとりくんでいることを。それは、そちらの意向でもあるはずだ。それゆえ、われわれ、ある程度の遵法《じゅんぽう》を期待している」

ズルディンの注意力はこのあいだに明らかに落ちていた。なかばからだをねじり、スクリーンの列を見ている。チリノは使者の視線を追う。ダロス上空にあらわれた巨大な白い宇宙船の編隊が見えた。

「あれをよく見ておくことだ」シスカルが訪問者に勧める。「チリノとわたしがこれらの艦に出動を命じた。あれを、惑星と公国の運命をひきうけるわれわれの決意の表現とみてもらっていい。すくなくとも、グーとカルヌウムがそれをできないかぎりは」

ズルディンはおのれの感情をかくすことのできる男ではない。驚いているのは明白で、感動すらしているようだ。

「このようなやり方でだれを威嚇している？　賢人か？」

「われわれ、だれも威嚇していない」シスカルはきっぱりと答える。「だが、公国の統治が麻痺状態ではないことをすべての種族にしめしたいのだ。弱体化しているなどと勘違いし、自分たちに有利だと思う者がいたら、戦いに敗《やぶ》れることになるだろう……これは、とりわけ兄弟団にいえることだが」

ズルディンは退去をもとめられていることを理解した。防衛隊員に連れだされる。

「たいして役だたなかったですな」チリノが残念がる。「なぜ、あの男にたずねたのです……汚染されたデリルとやらのことを？」

「かつて、その名前を持つ者が兄弟団の首領だと示唆《しさ》するシュプールがあったのだ」と、シスカルが答え、「しかし、思い違いかもしれない。いずれにせよ、ズルディンはリーダーに、自分たちが勝手にはいりこめるような勢力の空隙《くうげき》はないと報告するはず」

ズルディンが帰ったいま、チリノははじめて、女防衛隊長に疲れの兆候を見た。

「どれくらい、われわれ、もちこたえられると？」チリノは不安げにたずねる。

シスカルの目がきらめく。チリノはそのなかに押し殺した嘲笑を見たように思った。

「わたしに関しては」と、彼女が答える。「かなりの時間」

チリノはうなずき、スクリーンに目をやる。ダロスの上空に、いまやクラン艦が群がっていた。チリノは、自分がスプーディ船に乗っておらず、この示威行動に対する答えを見つけなくていいことに、ほっとしていた。

2

「この船にひとりのクラン人もいなければ、むろん、わたしも心配するが」ハイ・シデリトのタンワルツェンは《ソル》司令室の巨大なパノラマ・スクリーンを指さして、船長のトマソンにいう。「わたしはあなたの種族をかなりよく知っている、トマソン。だから、《ソル》への砲撃を命じるほど厚顔無恥な者がいるとは思わない」

「それほど厚顔無恥でないのはたしかだ……しかし、非常にいらだっている」と、クラン人が答える。「とりわけ、三公爵の不在によって状況の見通しがきかず、われわれには、だれが実権を持っているのかわからない」

「賢人でしょう」と、タンワルツェンの補佐役のツィア・ブランドストレム。技術者チームのリーダーの横に立ち、同様にスクリーンを見ている。

「賢人もそうかんたんに諸問題を解決できない」と、トマソン。「生じている心理的状況を忘れてはいけない。クラン人は、自分たちがあまりにも長く操られてきたと思っている。さらに、数時間前、第一艦隊ネストでの出来ごとが全住民に伝えられた。三公爵が無理な要求をされたと知って、よろこぶクラン人がいるとは思わない」

「裏切り者をあばくためだったのだ！」クランから送られてくるニュース放送を聞いていたタンワルツェンが、思いださせるようにいった。

「そもそもそのような者は、おそらく、賢人が疑っているようなかたちにおいてはいないのではないか」トマソンは不自由な右手をさする。「いずれにせよ、わたしがスプーディ船の完全な命令権をとりもどせるなら……そして、それをセネカやマラガンと分けあわなくてもすむのなら、いいのだが」

タンワルツェンは、いまやとても長く共同作業してきたクラン人を心配そうに見つめる。豊富な経験を持つ船長なのに、自信がぐらついていると感じたのだ。だが、自分の調子もいいとはいえなかった。クランの状況はまったく見通しがきかない。

トマソンはソラナーを見おろし、

「われわれのあいだに危険な緊張が生じたのは、わかっている」と、認める。「ダロスでクラン人と戦ったのは、きみの同胞、つまり賢人の従者だったのだから」

タンワルツェンは、これにはまともに対応しないほうがいいと判断した。トマソンはクラン人種族のもっとも経験豊かな宙航士のひとりとみなされている。スプーディ船のすべてのクラン人はとりわけ訓練されている……その指揮官は、いかなる資質の持ち主か？　ひょっとしたら、船のさまざまな場所で、クラン人と技術者チームに最近、不信感が見られるのかもしれない。だが、トマソンはきわめて賢明な男だ。そのような感情の動きに身をまかせることはあるまい。おそらく、ソラナーがこのことに関してどのように考えているのか、探りだしたかっただけだろう。

「セネカがふたたび船載兵器を発射したら、どうする?」と、カルス・ツェダーがたずねる。技術者のひとりで、タンワルツェンの個人的な友だ。

「そもそも、その根拠がないわ」と、ツィアがいう。「クラン人たちはダロスをひきはらったんだし」

「そして、大型艦三百隻を派遣してきたぞ!」と、タンワルツェンが大声でいう。

ツィア・ブランドストレムは顔面蒼白になった。黒い目に不安が浮かぶ。

「これらの艦の一隻を撃つほど、セネカは狂っていないのでは?」

「なんとしても、船をわれわれのコントロール下におくべく試みなければならない」トマソンが咆哮《ほうこう》するようにいう。「われわれの安全の観点から、どうしても必要だ。いざとなったら、大きなリスクを冒さなければ」

タンワルツェンは集中して思考をめぐらす。セネカとサーフォ・マラガンは、賢人を攻撃するという本来の意図をはっきり放棄した。マラガンは、兄弟団の操り人形として行動するようしくまれたと自覚したのち、昏睡状態におちいった。友のスカウティとブレザー・ファドンが世話しているが、目下このふたりにできることはなにもない。

セネカはいまや突然、賢人の支持にまわったかのように思われる。その賢人は、クラン人の確実な服従をますます失ってしまったようだ。公爵のグーとカルヌウムは、賢人の従者たちによって水宮殿に連れていかれてしまい、その後どうなったのか、いまのところわからない。

前線はまったく見通しがきかないと、タンワルツェンは考える。

トマソンに申し出をし、

「あなたが望むなら、セネカと話すべく試みるが。いまなら、セネカもすこしは耳を貸すかもしれない」

トマソンが提案をうけいれる前に、インターカム・スクリーンが明るくなった。ブレザー・ファドンの疲れきった顔がうつり、

「サーフォの意識がまだもどらない」と、いう。「回復不可能な重いショックをうけていなければいいが」

トマソンとタンワルツェンはすばやく視線をかわす。

「どうだろう」と、タンワルツェンは考えをめぐらせながら、「マラガンを強制的に、そのスプーディ塊からひきはなしてみては」

「だめだ！」ファドンが驚いて叫ぶ。「危険すぎる。スカウティとわたしはそのような介入にはけっして同意できない」

通信がふたたび中断される。船外からの通常通信だ。テレカム・スクリーンに賢人のシンボルが浮かぶ。

「賢人からだ！」トマソンが興奮する。「グー公爵がどんなぐあいなのか、賢人とカルヌウム公爵がなにをもくろんでいるのか、そろそろわかるのでは」

だが、失望させられた。賢人は、セネカとコンタクトしたいといってきたのだ。《ソル》の生体ポジトロン脳は、自分と賢人のあいだで交換される情報を、乗員たちに聞かれないようにした。この奇妙な対話のありうる内容に関して、司令室の男女が議論しているあいだに、ふたたびベッチデ人三人のいる大ホールからファドンがインターカムを介して連絡してきた。

「セネカがたったいま賢人の要求を伝えてきた」と、困惑気味にいう。「スカウティとサーフォとわたしに水宮殿にくるようにと」

タンワルツェンは悪態をつぶやき、クラン人船長はたてがみがなびくほど、はげしくかぶりを振った。

「賢人はなぜそのような要求を？」副長ヒールドンがたずねる。

ファドンはかぶりを振る。

「三人を賢人の従者に養成したいのかもしれない」タンワルツェンは推測する。

「目下の状況においてか？」と、トマソンがせせら笑う。「なにかほかの理由があるはずだ、タンワルツェン」

ファドンに向きなおり、

「きみたちはその話をどう思う？」と、知りたがる。

ファドンは顔をゆがめて笑い、

「サーフォはこの状況ではなにもいえないが、スカウティとわたしは、事情によっては水宮殿に行く用意がある。われわれが長くかかわっている謎が、そこでいくつか解けるのではないかと思っているので」

「だとしても、マラガンを置いていくべきだろうな」タンワルツェンが考えを述べた。

「賢人は三人全員で行くことに固執《こしつ》している。わたしは、賢人の第一の関心はサーフォにあるという印象すらいだいた」ファドンは疲れたような動きをし、「とはいえ、問題は搬送だ。いまの状況で、サーフォを水宮殿にどうやって連れていくんだ？」

トマソンがスクリーンの前に歩みより、

「それは技術的に解決できる」と、自信たっぷりにいう。「じつは、わたしはきみたちが水宮殿に行くことに賛成なのだ。公爵たちの運命や賢人の身元について、もっとわかるかもしれないからな」

「で、どうすれば？」ファドンがたずねる。

「搬送問題にあたる技術者を数名きみたちのところに行かせる」と、船長が申しでる。

ファドンの蠟のように硬直した丸顔には、目下の神経の緊張が刻まれていた。

「水宮殿の門まで、すくなくとも数百メートルはあるが」と、いう。「われわれが攻撃されないと、だれが保証できる？　外には激昂したクラン人たちが多数いるのに」

「かれらはひきあげた」と、トマソンが教える。

「ダロスの縁までだ」ファドンが皮肉な調子でいう。「かわりに広場上空にクラン艦があらわれた。クラン人にとって、われわれは賢人の従者だ」

「だれもきみたちが行くことを強制したりはしない」タンワルツェンが、クラン人船長の視線を気にせずに割ってはいる。

「われわれが拒否すれば、セネカが圧力をくわえてくるのではないかと」と、ファドン。

「船載ポジトロニクスと賢人は、突然、ぴったり気があったようだから」

「どういうことだ？」トマソンがきょとんとしてたずねる。

「かれらはよく理解していますよ」と、ツィア・ブランドストレムが教える。

「よし、われわれ、行くことにした」ファドンがほとんどヒステリックにいう。

だれかが異議を唱えるまえに、かれは自分からインターカム接続を切った。セネカと賢人とのコンタクトももはやない。

「このことは徐々に、かれらの手に負えなくなっている」タンワルツェンがため息をつく。「わたしはベッチデ人たちを水宮殿にやるべきだと思う。そのほうがかれらの気分転換にもなる。トマソン、マラガンをスプーディ塊ともども、ほかのふたりといっしょに運べる担架《たんか》をつくれるのはたしかだな？」

がっしりした宙航士はソラナーに歯を見せ、

「しかも、きわめて短時間で」

そういうと、部下たちにいくつか命令し、ただちに任務を終えるよう駆りたてた。かれにとっては、状況のあらたな先鋭化で計画が不可能にならないうちにことを終えるのが、明らかに重要なのだ。

賢人の動機はなんなのだろうかと、タンワルツェンは必死に思考をめぐらせる。しかし、納得のいく説明のヒントは見つからない。

セネカとコンタクトをとろうと試みるが、頑固に沈黙を守ったままだ。

ソラナーは水宮殿のうつっているスクリーンに目をやる。あのなかにクランドホルの賢人がいるのだ。巨大建築物が建てられているダロスは直径が十キロメートル、デーメ・ダント平原にあるノースタウンの中心にあった。ここから東に五十キロメートルのところに、クランドホルの公爵たちの宮殿テルトラスがある。いまは、人気《ひとけ》はないが。

タンワルツェンの注意をひいたのは、多数ある橋や高架道がダロスにひとつも通じていないこと。トマソンから、水宮殿は固化し彩色した水でできていると教えられた。このピラミッドは建築様式の傑作だ。水をどのようにかためたのかという疑問に対して、トマソンは答えなかった。水宮殿の壁は透明でガラスのようだが、彩色したことにより、建物の内部が見えなくなっている。色はさまざまなパターンをともなっていた。渦巻き、枝分かれ、泡、幾何学模様などが何層にも重なり、魅惑的だ。色のきらめきを長く見ていると幻覚が生じるとも聞くが、タンワルツェンはなにも感じなかった。ともあれ、水がどのようにして固化されたのかは、クラン人自身も知らないのだろう。

水宮殿自体は大きな階段ピラミッドで、高さは千五百メートルあった。ピラミッドの外面には種々の付属建物が、巨大な鳥の巣のようにくっついている。ピラミッドの段は大きさが異なり、一様にのびていないので、堂々とした構造物も、近くから観察すると荒削りの多彩な積み木のように見える。水宮殿の輪郭は一辺が三千五百メートルの正方形で、入口はいま《ソル》が反重力クッションの上に静止している側にひとつしかない。正確に惑星の北極をさす側だ。この入口は幅五十メートル、高さ八十メートルあるにもかかわらず、建築物の大きさにくらべると、ちいさすぎる印象をあたえる。タンワルツェンは、賢人の従者が退却したさいに、ふたつの巨大な鋼製扉によって門が閉じられたのを見ていた。

「興味があるのか？」トマソンの声で思考が中断される。

タンワルツェンが目をあげると、巨体のクラン人はひかえめな笑みを浮かべた。

「あの壁の背後になにがかくされているのだろうか……あの奥深くに」と、トマソンがいう。「何十年もこの建物はクラン文明の中心だった」

「まるで、いまそれが変わったかのような口調だな！」

クラン人はたてがみをなで、

「われわれの発展の一時代が終わったという感じをいだいている。新時代がはじまるのではないかと」

「それでも、あなたは自分がどこに属するのかわかっている」と、タンワルツェンは皮肉っぽくいう。

「きみはちがうのか、ハイ・シデリト？　きみにも故郷はあるのではないか？」

タンワルツェンはすべてをつつみこむような動きをし、

「この船だよ」と、いう。「だが、それがなんだと？」

3

公爵のカルヌウムとグーが水宮殿にきたのははじめてではない。とはいえ、いま興奮した賢人の従者たち数百人といっしょにいる、この大きな玄関ホールより先にははいったことがないし、賢人その人を目にしたこともない。

カルヌウムはあたりを見まわし、おちつきをとりもどそうとする。グーの思いがけない登場に心を乱されたのだ。いまでは、グーに対する陰謀は許されない誤りだったと認め、われを忘れてあのような行動に出るべきではなかったと切に思っていた。

グーは担架の上ですこし横向きになり、苦しそうに呼吸している。目を閉じ、顔色は不自然に白かった。不気味だが信頼できる護衛のフィッシャーが、無言でそばに立っていた。このロボットがクラーケを殺したのだ。

カルヌウムはこうべを垂れる。

なぜ、こんなことになってしまったのか？

賢人の従者たちは、白くなびく衣装を大半が脱いでいた。公爵ふたりのそばを、とくに注意をはらうことなくせかせかと通りすぎていく。水宮殿内部で賢人に仕える男女は、いま、スプーディ船の技術要員が好むような、薄いグリーンのシンプルなコンビネーションを着用している。

かれらのあわただしさを正しく解釈するのに、たいした感情移入能力はいらない。水宮殿の防衛、すなわち賢人を守るそなえをしているのだ。賢人の従者たちが入口の近くに武器を配備していくのを、カルヌウムは驚嘆しながら見た。これまで見たこともないような異種の装備類や武器がまじっている。ピラミッドの内部には、まだどれだけ技術的な宝がかくされているのだろうか。外からのはげしい攻撃に対しても、賢人なら身を守ることができるかもしれないという考えは、突然、もはや間違ってはいないように思われた。

おのれ自身の目下の状況に関しては、いかなる幻想もいだいていない……囚《とら》われの身ということ！

なにかに強いられたようにカルヌウムは担架に歩みより、グーの上に身をかがめる。音もなく近づいてくるフィッシャーをおちつかせるようなしぐさをし、

「すまないことをした」と、つぶやく。「二度とグーに対して暴力を用いるつもりはない」

フィッシャーに向けた言葉が重傷者にも聞こえたのは明らか。目を開け、こちらを見

つめたのだから。その目からは、すこし前までゆらめいていた憎しみが完全に消えていた。いまカルヌウムに注《そそ》がれているのは、失望した一クラン人のまなざしだった。

「裏切り者」グーはあえぐようにいう。「よくもわたしの近くにこられたものだ」

瘦身《そうしん》の公爵はさっと身をひく。頸の白い毛が逆立ち、宙航士の制服の銀色のコーティングが、はげしい動きできしんだ。種々の放射が精神に影響をあたえると信じるのは、かれの風変わりな癖だった。もちろん、いまはそのことを考えてはいない。

「きみのいうとおりだ」と、陰鬱にいう。「わたしはみじめな殺人者だ。だが、きみがいうような裏切り者ではない。そもそも、兄弟団とほんとうに共謀したことは一度もないのだ。わたしが考えていたのは、自分自身の問題だけで」

グーはあざけるようにカルヌウムを見つめ、

「断じて個人の問題などではないのに。なぜ、それが理解できなかった？　われわれは公国の繁栄のためにつくさなければならなかったのだぞ。目眩《めまい》がするほど急激な拡張政策のなかでも、公国を安定させるために。ツァペルロウとわたしはいつもそのことを尊重していた」

「とりわけきみはそうだった」と、カルヌウムは認める。「わたしはいつもきみを過小評価していた、グー。きみが三頭政治のもっとも強い柱であることが明らかだったにもかかわらず」

「われわれになにができるのか？」グーが絶望したようにたずねる。

「わからない」と、カルヌウム。「外との接続はもはや断たれている。われわれ、賢人の捕虜か、ひょっとしたら人質になったのではないか」

グーはからだを起こそうとし、うめく。フィッシャーが伸縮可能な触手で支えた。

「きみは賢人に対して種族をはむかわせた！」と、グーはいいはなつ。

「そうすることで、われわれ全員がずっと前からひそかにいだいていた不満をあらわしたかった！」痩身のクラン人が大声でいう。「きみも認めたらどうだ。内心、疑問に思っているんだろう？　どうして、われわれがその身元をまったく知らない賢人に、異人が仕えているのかと。われわれを急《せ》かすように先へと駆りたてたのは、ほかならぬ賢人ではないか？」

「わたしにはわからない」グーが自信なさげにつぶやく。「そうしたことはすべて、とても冒瀆的《ぼうとくてき》に聞こえるぞ。おそらく賢人はわれわれの話を聞いているのではないか。すくなくとも、ここ玄関ホールにいる賢人の従者たちは」

カルヌウムはからだを起こし、鳴りひびくような大声でいう。

「賢人がほんとうにクラン人に関心があるのなら、いまもわれわれに味方し、最善をつくすつもりだろう」

「そのとおりだ、カルヌウム公爵！」見えないスピーカーから機械的な声が響く。カルヌウムは目を見開く。この無機的な声ならよく知っている。充分すぎるほど聞いたことがあるから。

「グー公爵、カルヌウム公爵」と、賢人がつづける。「話をするときがきた」

＊

シスカルがほかのクラン人たちに接する自信たっぷりの態度は、本心をあらわしているものではない。彼女は意気消沈し、悲観的になっていたが、おもてに出さないだけだ……いや、出すことを許されないのだ。

通常通信で、クランの最高裁判長である若い女、ジェルヴァと話をする。

「いま、ノースタウンにつきました」と、ジェルヴァ。「ここにはたぶん、わたしの仕事が山のようにあるんでしょうね」

シスカルは意地の悪い笑いをおさえる。なぜ、この女は、いくつかシンプルな決定をくだすことで、ここの秩序が回復できるなどと思えるのだろう？　おそらく、カタストロフィの程度を理解していないのだ。

「さしあたり、通常の仕事は安心して忘れることだ」と、シスカルがいう。「惑星クランどころか、全公国にかかわる問題だから」

ジェルヴァがこの非難に驚いたのだとしたら、うまくそれをかくしていた。

「あなたが連絡してくる直前に、建築部門のチーフであるクリトルと話したのだが」シスカルはつづける。「いつでもヘスケント地区へおもむき、サウスタウンのコンピュータ施設を賢人から切りはなす用意があるとのこと」

「それは賢人に対するクーデターのように聞こえます！」

「ナンセンス」と、シスカル。「コンピュータ施設はわれわれ自身の目的のために必要なのに、いまや賢人に乱用されている懸念がある」

ジェルヴァは理解できないようだ。

「心配はいらない」と、シスカル。「わたしは狂っているわけでもなければ、すぐに賢人を放逐できると信じている兄弟団メンバーでもないから」

まだ監視ルームにいたチリノが防衛隊長の話を中断し、

「スプーディ船からシグナルがきて、トマソンがあなたと話したがっています」

シスカルは驚く。船長が連絡してくるとは思ってもいなかった。

「ちょっと失礼」と、最高裁判長にいい、べつのスクリーンにおもむく。防衛隊のこわい目つきのターツが、彼女に席を譲った。

スクリーンにはトマソンの真剣な顔がうつっている。

「だれに相談すべきかわからなかった」宙航士がいう。「公爵たちとはもはや連絡がとれないし。急を要する気がかりがあって」

シスカルのなかですぐさま、生まれながらの警察官としての不信感が目ざめた。

「どういう？」

「スプーディィ船から水宮殿に搬送したいものがある」と、トマソンは不自由なほうの手を動かす。

「注意を！」チリノは警告するように叫ぶ。

「搬送？」シスカルがおうむがえしに、「どういうことか？」

「ベッチデ人三人が船をはなれ、水宮殿におもむくことになった」

シスカルは記憶をたどりはじめた。ベッチデ人について聞いたことがあるのを思いだす。近ごろ公国の宇宙船が発見した惑星キルクールの住民で、賢人の従者たちと驚くほど似ているらしい。そのうちの三人が新入りとして公国艦隊に採用され、センセーションを巻きおこした。そしてついに、この三人をクランに連れてくるよう、グー公爵が指示したのだ……スプーディィ船に乗せて。いまやかれらがそこにいて、水宮殿におもむくというのか。

だれの希望で？　老クラン人女性は自問する。いま水宮殿にいるグー、カルヌウム両公爵の希望ではないはず。

賢人！

「賢人がかれらを手もとにおきたいのだな」と、シスカルはいいはなつ。

「そういうことだ」トマソンが当惑顔で同意する。「防衛隊に指示を出し、搬送に対する妨害にそなえてもらいたい。賢人の従者に対する外の雰囲気がいかに険悪か、知っている。いまはおちついているが、賢人の従者に似た外観の三人がダロスを歩いているのを見たら、クラン人がどう反応するか、わたしにはわからない」

「指の一本も動かすくらいなら、地獄に落ちたほうがましだね」と、シスカルは冷ややかにいう。「実際に防衛隊員を派遣するとしたら、搬送を〝阻止する〟ためだけ」

トマソンは失望したようだったが、シスカルは態度を変えない。船長がだれかの影響をうけているのではないかと疑っていたからだ。

「公爵たちの安否情報が得られると期待したのだが。ベッチデ人ふたりはわれわれの味方だ」と、宙航士がいう。

「で、のこりのひとりは？」

「意識がなく、スプーディ塊につながれて共生状態にある。それゆえ、判断はむずかしい。以前は、この船の船載ポジトロニクスといっしょに賢人を撃滅しようと決意していたようだが、それはなくなった。賢人と船載ポジトロニクスのセネカが、たがいに良好なコンタクトを見いだしたから」

シスカルは、ものごとの関連性を認識するのがますますおぼつかなくなったという思いをはらいのけることができない。おのれの手から滑りおちていくようだ。こうしたことすべてを理解する、充分な情報を持ちあわせていない。

「搬送の援助を切にお願いしたい」トマソンが強くいう。

シスカルはためらうが、ついに、

「約束はできない。が、防衛隊は中立を守る」

「それでは充分ではない！」トマソンは一瞬考えてからいう。「護衛も承諾してもらえないか？」

「ほんのわずかな距離ではないか」防衛隊長が答える。「なぜ、ベッチデ人に飛翔装置をあたえないのか？　ダロスのまわりにいるクラン人たちが、なにがあったのかわからないうちに、水宮殿にはいれるだろう」

トマソンはたてがみを振り、

「そうかんたんではないのだ。多数のスプーディにつながれたサーフォ・マラガンが問題で、かれを慎重にあつかわなければならない」

「ダロス上空の艦長たちに、そっとしておくよう命令を出そう」と、シスカルが約束する。「それ以上のことはできない」

トマソンはこの反応に不快感をおぼえたが、これ以上たのむことは誇りが許さなかった。あっさり接続を切る。

「あれはどういう意味か？」シスカルは宇宙港管理責任者にたずねた。

「新入り三人に関する資料を持ってこさせなければなりませんな。そうすれば、わかるかもしれません」と、チリノがいう。

「わたしには、すべてがまるで理解できませんけど」と、ジェルヴァ。もちろんいっしょに聞いていたのだ。

シスカルは彼女をにらみつけ、肩を高くそびやかし、頭を起こして、

「そろそろ理解したらどうだ！　公国を震撼《しんかん》させかねない危機なのだぞ」

*

二公爵と話したいという賢人の告知について、玄関ホールの賢人の従者たちはいっさいとりあわなかった。なにが問題なのかを知っているかのように。

グーとカルヌウムがこのホールにきたのははじめてではない。ここでしばしば賢人と話し、議論したものだ……自分たち以前の多くの公爵たちと同様に。

だが、いま、とてつもない会談が目前に迫っていると、カルヌウムは感じていた。おそらく、特別なことがらが話題になると。

カルヌウムを玄関ホールで観察している賢人の従者たちにまじり、公国の補助種族に属する者も数名いた。クラン人、アイ人、プロドハイマー＝フェンケンなどだ。かれら

がルゴシアードの勝者で、その並はずれた能力によって賢人に仕えていることを、カルヌウムは知っている。いま入口の近くにいるという事実により、かれらが危険な戦士の栄光をあたえられたように思えた。おそらく賢人はかれらに、攻撃されたら全力で反撃するよう命じている。これまで多少とも噂にすぎなかったことが、これで確認された。賢人はルゴシアードの勝者を集めて、卓越した戦闘部隊を編成したのだ。一部は見たこともない配備ずみの武器をふくめて、かれらは疑いなくクラン人の脅威となる。

カルヌウムは身震いした。

「この危機を望んではいなかった」と、賢人の声が響く。「しかし、予測はできたし、おそらく避けられなかっただろう」

グーがこうべをもたげた。額に冷や汗がにじんでいる。気がつくと、賢人の従者ふたりがかれの世話をし、傷の手当てをし、強壮剤をあたえていた。フィッシャーは担架のすぐ上を浮遊し、両世話役のあらゆる動きを観察しているようだ。カルヌウムはこの奇妙なロボットをますます気味悪く思った。

「残念なことに」賢人は無関心な印象をあたえる声でつづけた。「きみは野心に駆りたてられて賢人の妨害をした、カルヌウム公爵」

痩身のクラン人はそわそわとあたりを見まわす。ひょっとしたら、有罪判決をくだされるために、ここにいるのか？

「わたしの行為について判定する権利を持つのは、クラン人だけです」カルヌウムは鼻息荒くいう。「最高裁判長ジェルヴァがくだす判決なら、甘受しましょう……どのような結果になろうとも。しかし、賢人よ、あなたがわたしの運命を決めることは許されません」

「すべてをおのれの立場からしか見ていないな」水宮殿の奥深くのどこかにいるにちがいない、見えない賢人が答える。「きみは権力欲と功名心に駆りたてられたのだ。クラン人の心理的状況を訴えたり、異人が公国の運命に影響をおよぼすことを非難したりするのは、もちろん完全に間違っているわけではない。だが、賢人の従者たちとわたしが、けっしてクラン人のじゃまをしたことはないはず」

カルヌウムは昂然と胸をはり、

「なぜ、あなたは姿を見せないのです？」と、叫ぶ。「影がわが種族の助言者とは。クラン人ではない従者でまわりをかためた影が」

「処罰を恐れているな」と、賢人。「それでそのような態度をとるのだ。が、心配しなくていい。きみに対してなにかをしようというつもりはないから」

「しかし、カルヌウムは裏切り者です！」と、グーが言葉をはさむ。「かれは、賢人の地位をぐらつかせるために、目先の利に走りました」

熟考しているような短い間が生じたあと、賢人は平然と、

「カルヌウムは、おおかたのクラン人が感じていることを乱暴な言葉で表明したにすぎない。きみだってそうだろう、グー。賢人の助言はありがたいものではあったが、意のままに牛耳《ぎゅうじ》られていると感じ、無意識に、賢人の行動に逆らっていた」

グーは驚いたようにかぶりを振り、

「そんなことをいうのは、あなたが自分のやり方を疑っているからとしか思えません！」と、賢人を非難する。

「それは断じてない」クラン人の見えない助言者が答える。「強力で安定した公国を拡大することが重要であり、なくてはならないと、わたしは以前よりも強く確信している。わたしのすべての努力は、その目的を達成するためにある。わたしはクランドホルの公爵たちに、個人的な争いをやめ、星間帝国の維持のために全力を捧げるよう切望する。このことはとりわけカルヌウム公爵にあてはまる。おのれの利己的かつ野心的な計画は、公国のためにとりさげなければならない」

カルヌウムはむっつりした。賢人の、どちらかというと好意的なこのあつかいを予想だにしていなかったので、おちつかないのだ。

「公国はさらに拡大し、安定しなければならない！」一定して機械的な声だが、強く訴えるような響きを帯びてきた。「そのことだけが重要だ」

「なぜ、あなたはずっとそのことに関心を持つのです、賢人？」と、グーがたずねる。

賢人の従者の手当てですこし回復したようだ。「もちろん、大星間帝国になれば、われわれは誇りをくすぐられ、探求欲を満たすことができます。しかし、そのような拡大を進めることが、ほんとうにわれわれの利益になるのですか？」

「つまりは、クラン人の利益が重要なのではない」と、賢人。

カルヌウムはこの言葉に、一撃をくらったように身をすくませる。賢人によるヴェイクオスト銀河の開拓は、クラン人に大星間帝国を提供するためだけにおこなわれているのではないと、ずっと予感していたのだ。いまや、その不信がさらに高まった。それどころか、事実だと確認されたのだ。

「われわれは多くの惑星に宇宙の光を運びました」と、グーが驚いていう。「あなたはこうしたことすべてを疑わしいものにするつもりですか？」

「そうではない」と、答えが返ってくる。「しかし、最近の展開を目前にして、なにが重要かを理解してもらうには、ある関連を説明するほかない。きみたちの宙域はまったくポジティヴなようだから」

賢人の従者たちは、相《あ》いかわらず水宮殿を守る準備をつづけていて、両公爵と賢人の対話にほとんど興味がないように見えた。それでカルヌウムは、かれらはすべてを教えられているのだと推論し、自分は無意識に冷遇されていると感じた。

「よく聞くのだ」賢人が公爵たちにもとめる。「わたしがいまからいうべき内容は、きみたちが宇宙についていだいているイメージを強く揺さぶることになる。きみたちにはショックだろう。しかし、それをこえれば、到達した意味を前にして、きみたちの誇りはあらたなものになるはず」

これは漠然としたメッセージであり、約束なのだと、カルヌウムは思う。注意深く、心理的トリックで操られないよう決意する。

これまで聞いたことは、助言者としての賢人を解任しなくてはならないという見方を強めただけ。いまこそクラン人がみずからの責任で行動をはじめるときだ。

グーも同じように感じていると思われた。

「これでは、われわれ、なにもはじめることができません」グーは不平をこぼす。「あなたも、いまこそ具体的な話をするべきだと思いませんか？」

「そうしよう」と、賢人。「クランドホル公国の拡大のほんとうの理由は、多数の銀河の宇宙的状況にあるのだ。そのなかで、ヴェイクオスト銀河は特別な位置を占めている」

カルヌウムとグーは理解したという視線をかわす。

「ヴェイクオストは」と、賢人はつづける。「緩衝地帯すなわちリンボにある。想像もつかないほど巨大な二勢力のあいだの中立地帯に。この危険にさらされたポジションこそが、クランドホル公国の迅速な拡大を進めた、より深い理由なのだ」

4

反重力担架が、技術者チームとクラン人技師たちの手で、大急ぎで改造された。ブレザー・ファドンの希望にそって、諸条件がある程度とりいれられている。それは二メートルよりもやや長く、幅一メートル半のプラスティック・プレートでできていて、その上に空気ベッドがとりつけられていた。反重力プロジェクターとほかの装置はプレートの下にあり、軽金属の被覆で保護されている。操縦および制御エレメントは担架の足側にある湾曲した金属の上にとりつけられており、あつかうすべを心得た者ならひとりでかんたんに操作できる。ファドンは、なんなく担架を搬送することができると確信した。四重スプーディのおかげで、個々の装置の意味と機能をすばやく理解できたのだ。反重力クッションの上で、床から一メートル半のところを水平に浮遊する担架は、羽根のように軽々とあらゆる方向に押せた。

空気ベッドは、その上に横たわる者を固定できるヘッドレスト、留め具、ハーネスをそなえている。

しかし、この担架で搬送されるのがサーフォ・マラガンなので、さらなる問題が生じる。つまり、キルクールのもと狩人の頭上にあるスプーディ塊のことだ。

数百のスプーディからなる、直径がてのひらひとつ半の大きさの球体は、輝くエネルギー・フィールドのなかにあり、そこからチューブに似た接続装置がマラガンの頭につながっていた。エネルギー・フィールドが、スプーディをベッチデ人の頭上に無重力状態で支えているようだ。しかし、このもろい形成物が外部の動きにさらされたとき、どのように反応するのか、だれにもわからない。

球体が破裂するか、球体とマラガンの頭をつなぐ〝へその緒〟がちぎれるようなことになったらたいへんだ、と、ファドンは考えた。そうなったら友の最期を意味するのではないか。

マラガンはいまも意識不明で、こうした問題に意見を述べることはできない。憂慮すべき外観に変化はなく、目は閉じられ、落ちくぼんでいる。頰がこけ、青ざめた顔は、死者のようだ。

あるいは、かれはもう死んだも同然なのかと、ブレザー・ファドンは身震いしながら思う。友の巨大な墓所を見つけるために、水宮殿に連れていくことになるのかもしれない。

もとのベッドに横たわったままのマラガンに、まだだれも触れていない。スカウティはそばにしゃがみ、マラガンの手をとる。かれがなにも感じないのはわかっていたが。「さて」すこし前に大ホールにはいってきたトマソンがいう。「そろそろはじめなければならない」

技術者チームといっしょに担架を改造したクラン人たちが、意識不明の男の上に身をかがめる。

ファドンがかれらとマラガンのあいだに割りこみ、

「待ってくれ」と、いう。「慎重のうえにも慎重に動かしてもらいたい。とりわけスプーディ球と、それをサーフォとつなげている奇妙なチューブをよく観察するように。どんなに些細《ささい》でも変化があったら、サーフォをもとにもどしてほしい」

「みんな、わかったな！」クラン人船長はうなずき、「かれをぶじ船から連れだすことに、多くのことがかかっている」

だが、と、ファドンは皮肉に考える。問題は《ソル》の外に出てから、ようやくはじまるのだろう。

クラン人四人がマラガンをかかえ、慎重に持ちあげる。

ファドンは魅いられたかのようにスプーディ塊に目を凝《こ》らす。それは風船のようにマラガンの上方にあり、チューブはすこし下にたわんでいる。担架がマラガンの寝台のすぐそばに置かれ、クラン人たちがその上にベッチデ人をうつした。スプーディ球はマラガンのななめ上方の空中にとどまったままで……チューブがひっぱられた。クラン人のひとりがスプーディ集合体を、マラガンの上方にもとあった場所にうつすためにつかもうとするのを見て、ファドンは男を押しもどした。

ゆっくりと球体が担架の上方へと移動していく。技術者たちが、テレスコープのようにのびる棒がついたフォーク状の留め具をヘッドレストのうしろに固定した。留め具にはやわらかいクッションがはられている。

ファドンは担架の頭側に歩みより、クッションつきフォークを操作して、スプーディ球とチューブ上端をうまく支えるようにした。緊張と心配のあまり、汗をかく。ファドンは無意識に、スプーディのまわりにエネルギー・フィールドをともなうなにかが生じるのではないかと恐れたが、変化はなにもなく、安堵した。

筋骨たくましい男はからだを起こし、大きく息を吸った。

「うまくいったな」と、トマソンがいい、緊張を解く。「さ、これで、きみたちは出発できる」

スカウティがかれをにらみつけ、

「ようやくわたしたちを厄介ばらいできると、よろこんでいるようね？」

「正直にいえば……そうだ！」クラン人宙航士は相手の警戒心を解いてしまうような率直さでいう。

「わたしたちの護衛はどうなっているのかしら？」と、スカウティ。

トマソンは、ほとんどソラナーのしぐさのように、肩をすくめ、

「防衛隊長のシスカルが拒絶したのだ！　ダロス上空の艦をひきとめはするが、防衛隊は投入しないと」

「つまり、われわれ、ダロスの縁にいる、荒れ狂うすべてのクラン人とかかわることになるのだな」ファドンはうめくようにいう。

「きみたちが、いかに迅速に水宮殿に到達するかによる。ひょっとしたら、かれらはスプーディ船のさらなる攻撃を恐れ、きみたちのじゃまをしないかもしれない」

「背後に自分たちの宇宙船が三百隻いてもか？」ファドンは怒り心頭だ。

「ともかく、迅速に行動しなければならない」トマソンはくりかえす。

「それができれば！」と、スカウティが答え、意識不明のマラガンが横たわる担架をさししめす。「搬送がどうなるかにかかっているから」

彼女がまだ話しているあいだに、タンワルツェンがホールにはいってくる。すこし当惑したように、ベルトにつけていた武器をかくそうとする。

「それはどういう意味だ？」と、トマソン。

タンワルツェンはベルトを正しい位置にもどし、

「わたしは三人に同行する！」と、きっぱりいった。「かれらはわが種族の出身者だ。

外の煽動されたクラン人たちに攻撃されるのを傍観するつもりはない」

「まちがいなくシスカルは、常時この船とダロスを監視している」と、トマソン。「彼女はけっして、三人以外のだれかが水宮殿に行くことを許さないだろう」

ファドンが従順に笑い、

「船長のいうとおりだ、タンワルツェン。それでも、申し出に感謝する。しかし、われわれ、あなたの助けなしにやりとげるつもりだ」

ファドンは反重力担架の足側に行き、操縦装置をにぎると、

「じゃ、いいだろう」と、いう。「出発しよう、スカウティ」

集まった乗員たちがスカウティとファドンを見つめた。ファドンはかれらの視線をかわす。意味ありげだったから。

つまり、再会を期待していない……死ぬと決まった者を見るような……視線だったのだ。

＊

防衛隊の一将校が監視ルームにはいってきて、シスカルとチリノに挨拶する。二重に武装し、まれにみる沈着さをそなえた長身のターツだ。

「どうだった、エイルドク？」小柄なクラン人女性がたずねる。

「ダロスの周囲に相いかわらずクラン人が群がっています」ターツが報告する。「しかし、それはご存じですね、隊長。かれらはたがいを鼓舞しあっています。もちろん、自分たちがダロスに踏みいれば、スプーディ船がふたたび斉射するかもしれないと恐れてはいますが、他方、背後にクランの宇宙船三百隻がついていると思いこんでいて……そのことがかれらのはやる心を強めています。そのため、小グループがスプーディ船を出たとわかれば、かれら、自重できなくなるはず」

シスカルは気がかりそうになにかつぶやき、宇宙港の管理責任者に意味ありげな視線を投げた。

「これからどうします?」と、チリノはきく。とほうにくれたシスカルから方策をたずねられる前に。

彼女はたてがみをいじりながら、

「エイルドク」と、ターツのほうに向きなおり、「協力してほしい。信頼できる防衛隊員数名を連れ、ダロスの縁に行くのだ。できるだけスプーディ船の高度で。防衛隊が介入したと気づかれないよう、制服は着用しないこと……そもそも、介入が必要になればだが」

「それは、できないこと!」チリノが驚いて叫ぶ。

「そんなことはいっておられない!」チリノはこれほどきびしく……これほど決然とし

たシスカルを見たことがなかった。「エイルドク、賢人の従者のような外観をした三人が水宮殿に到達できるよう、気づかうことが任務だ。かれらはまもなくスプーディ船をはなれる」

「わかりました」エイルドクがあまりに平然と答えたので、チリノは、この若者はシスカルに対して、どこまで盲目的に服従するつもりなのだろうかと自問した。

「たのんだぞ」と、クラン人女性がつづける。「三異人が水宮殿に到達できるよう、エレガントなやり方で面倒をみるのだ」

「もちろんです！」

「エレガントにな！」チリノは、ターツの巨大なからだに独特な視線を投げながら、あざけるようにいう。

トカゲ男は無表情な目でかれを見て、部屋を出ていく。

「どうかしている」チリノがすぐさま抗議する。「あの若者は、なにが問題なのかまったくわかっていません」

シスカルはかすかに笑みを浮かべ、

「われわれにもわかっていない。感覚と予感にしたがうしかあるまい……違うか？」

議論は中断された。ノースタウンとサウスタウンの全領域から、騒ぎが市民に拡大しているとの、防衛隊員たちの報告がとどいたからだ。その責任は、まず第一に、いまや公然と賢人の罷免《ひめん》をもとめている兄弟団のスポークスマンたちにある。煽動者たちの数人は、カルヌウム公爵のスピーチが提供した論拠をよりどころにしていた。チリノには運命の皮肉のように思われた。

「この件は、もはやわれわれの手にあるのでは」と、チリノは危惧する。

シスカルは笑っただけだ。

「いったい、どうするつもりです？」チリノはむきになり、「未知なる賢人の従者三人を水宮殿へ誘導してみても、なにも達成できません」

「町では、まもなく騒ぎに疲れるだろう」と、防衛隊の女隊長。「そのときが、われわれの出番だ。公爵たちの代行者として公けに登場し、しかるべき指示を出す。そのときまでには、グーかカルヌウムが……あるいは両者が……どれくらい統治に関する仕事を執行できる状態なのか、知りたいものだが」

「そのときまでには」チリノは悲観的にいう。「もはや統治すべきものはなくなっているでしょう」

いくつものあらたな報告がはいり、またもや話が中断される。とはいえ、すでに知っていることとほとんど違わなかった。

チリノは無意識にスプーディ船がうつっているスクリーンに目をやる。

そして、そこに見た。

ふたりのちいさな姿……明らかに賢人の従者……が、スプーディ船のエアロックからダロスに浮遊してくるのを。ふたりのあいだに担架のようなものがあり、正確には見えないが、その上に三人めが横たわっているようだ。

「はじまった！」チリノが叫ぶ。「搬送作業のようです。その意味は、われわれには謎ですが」

「まさに！」

チリノはクロノグラフに目をやる。計算では、エイルドクはまだ、必要不可欠な場合にシスカルの希望でしかるべく介入できるところまではいっていない。

「かれらはけっして目的地に到達できない！」と、チリノが予言する。

「すべてのクラン人があなたのように考えたとしたら」と、シスカルはチリノを値踏みするように見つめ、「われわれの先祖はけっしてデーメ・ダント平原をはなれなかっただろうし、この惑星もほかの多くの惑星も開拓しなかっただろう」

「それに違いはあるのですか？」

「わたしのようなクラン人にとっては……イエスだ」と、シスカル。チリノは、今後もつづく自分の人生で、いまシスカルがしめしたような威厳を人格のなかに得ることができるだろうかと、無意識に自問した。

賢人の声は、カルヌウムの意識のなかでとどろいているようだ。ひと言ごとに、おのれの人生のなかで築いたすべての壁とバリアが壊れていく。かれが聞いたことは、言葉を奪い、生涯でもっともはげしいショックをあたえるものだった。

＊

グーは横たわったまま、両手で顔をおおっている。以前にはなかった、グーと結束しているという感情が、カルヌウムをとらえた。賢人のいったことがすべて真実なら……かつてこれほどまでに真実を聞いたと確信したことはなかったが……グーと自分は結束しなければならない。

「非常に高度に発展した文明と、そこに属する生命形態がある」と、賢人。さらにつづけて、「かれらは、クラン人にはまず想像すらできないような形態で存在している。その生命形態は大きな力を手中にし、多数の銀河の運命を操っている。そうした存在は、超越知性体と呼ぶのがいちばん適切だろう。この超越知性体はたいてい、多数の銀河を同時に支配しており、そのような宙域は力の集合体と呼ばれる」

カルヌウムは目眩がする。

「では……われわれのいるヴェイクオスト銀河も力の集合体の一部で、超越知性体に監督されていると?」グー公爵がつかえながらたずねる。

「そうではない」と、賢人。「すでにいったように、ヴェイクオストはふたつの力の集合体間のリンボにあり、それゆえ、特別な意味を持っている。が、それについてはあとで。まず、自分たちが対極化した宇宙に住んでいることを理解しなければならない。そのことは多くの例で証明できるが……とりあえずは、活動中の勢力に話題をかぎろう。これらの勢力には秩序の側と絶対的カオスの側があり、たえざる争いがつづいている。なぜ争うのか、どうすればポジティヴな側を助けて争いをやめさせられるのか……わたしにはわからない」

賢人からこのような告白を聞くとは、両クラン人支配者にとってまったく新しい体験だった。これまで、賢人はいつも答えを持っていて、そのアドヴァイスが正しいと証明されてきた。

いまや、賢人はおのれの知恵にも限界があるということを、あからさまに認めたのだ。カルヌウムは、その理由を知ったとき、震えた。つまり、賢人でさえ、より上位の力に依存しているということ。より上位の生命形態の一代理人であり、その意志で活動している。

「わたしは、宇宙に平和と秩序をもたらそうと尽力する勢力の指示で行動している」賢人はつづける。「この勢力を代表するのがどのような存在なのかは、たずねないように……それには答えることができない。重要なのは、超越知性体にはポジティヴな存在とネガティヴな存在があるということだ。それらが今後どのように展開するか……将来、それらが物質の泉になるのか、物質の窪地になるのか……に、すべてがかかっている。ここでいまそれを説明することはできないが、そうなのだとうけいれてほしい。

ヴェイクオスト銀河は、ポジティヴな超越知性体〝それ〟とネガティヴな超越知性体セト＝アポフィスの力の集合体のあいだの、緩衝地帯にある。セト＝アポフィスは、危険な展開だけに、物質の窪地に変化するさいにさしせまる恐ろしい結果を認識している。それゆえ、ほかの生命形態を犠牲にしても、あらゆる手段で助かりたいのだ。〝それ〟の力の集合体を攻撃すれば、自分の状態を安定させることができると信じている。隣接する力の集合体の没落によって、自分が助かると思っている。力が分散すれば、相手をかんたんに吸収できると思っているから。ほんとうにそうなのかどうか、わたしにはわからない……いずれにせよ、われわれ、想像を絶する争いのはじまりに立っている。それが避けられなければ、両集合体に生きる数えきれない種族は、潰滅的な結果に見舞われる」

カルヌウムははげしく考えをめぐらせた。

「しかし……われわれクラン人は……どちらの力の集合体にも属していないのでは」と、つかえながらいう。「われわれ、そのことと、どのようなかかわりがあると？」

「〝それ〟とセト＝アポフィスとのあいだのこれまでの対決は限定的なものだった。というのも、セト＝アポフィスは出撃にさいし、直接に管轄する協力者だけを派遣していたから」と、賢人が説明する。「が、それがまもなく変わる可能性がある。セト＝アポフィスが、おのれの支配圏の全宇宙航行文明を〝それ〟の力の集合体へ送りだし、そこで暮らす諸種族を襲うと決めたときには」

カルヌウムはうめき声をあげる。

「宇宙の光にかけて」と、グーが叫ぶ。「それがクランドホル公国の拡張の理由ですね。われわれがセト＝アポフィスの艦隊を押しとどめることになる。クランドホル公国は、ふたつの力の集合体のあいだの緩衝装置以外のなにものでもない」

「そういうことだ」賢人があっさりという。

カルヌウムの顔に驚愕があらわれ、

「しかし、それではわれわれの拡張政策は自殺行為に等しい！　すべての諸種族を押しとどめることなどできないのだから」

「そんなことは、ひろさからいっても不可能だ」と、賢人。「ヴェイクオストはすべての境界をカバーするほど大きくない。だが、たんにある種族が肉体的にリンボに存在することが問題なのではなく、精神の存在がかかわってくるのだ。クランドホル公国の存在がセト＝アポフィスを躊躇《ちゅうちょ》させ、ひょっとしたら、危惧しているようなはげしい侵害にいたらないかもしれないということ。もちろん、公国が強大であり……さらに拡大しているとが前提だが」

カルヌウム公爵はくずおれ、

「わが種族の発展と栄光のために行動しているのだと考えていたのに」と、唖然としていう。

「いずれにせよ、きみたちはそうしているのだ」と、賢人がいう。

カルヌウムはほかの賢人の従者たちに、似たような身体の病的発育が見られるのを知っていた。スプーディ船の技術者のなかにも、そのような宙航士が存在する。採取チームに属する男女は、こうした透明な層に全身をおおわれているらしい。もっとも親密な腹心のひとりであるトマソン船長が、そういっていた。

なぜこのタイミングでこのことを思いだしたのか、カルヌウムにはわからなかった。

「われわれは超越知性体の支配領域からどれくらいはなれているのです？」と、グーがたずねる。「座標を手にいれることは？」

「座標？」賢人は思考をめぐらせているようだ。「まず、宇宙に関するすべてのイメージを忘れてもらいたい。玄関ホールの奥扉上方のスクリーンを見てくれ」

カルヌウムとグーは指示されたほうを見た。入口と向かいあう側に、水宮殿のさらに内部へつづく通廊を遮断する扉がある。その上方に大型スクリーンがあり、ずっと賢人のシンボルが輝いていた。それがいまは消え、かわって三カ所に文字が記されたかんたんな図がうつしだされた。

　それは次のようなものだ。


「この力の集合体の配置図は」賢人は、グーとカルヌウムがスクリーンを見つめているあいだに、解説する。「もちろん、実際の四次元時空連続体を考慮にいれて描いたものだ。結局のところ〝内側〟も〝外側〟も〝おおい〟もなく、中立地帯をともなう相互のたえざるいまがある。この中立地帯のなかに、ヴェイクオストのほか、エランテルノーレ銀河や多数の小銀河、さらにはかつての超越知性体ゴウルデルが進化した物質の泉があるのだな」

　カルヌウムは深淵をのぞきこんでいる感じがした。

「これからいう名前を耳にしても、きみた

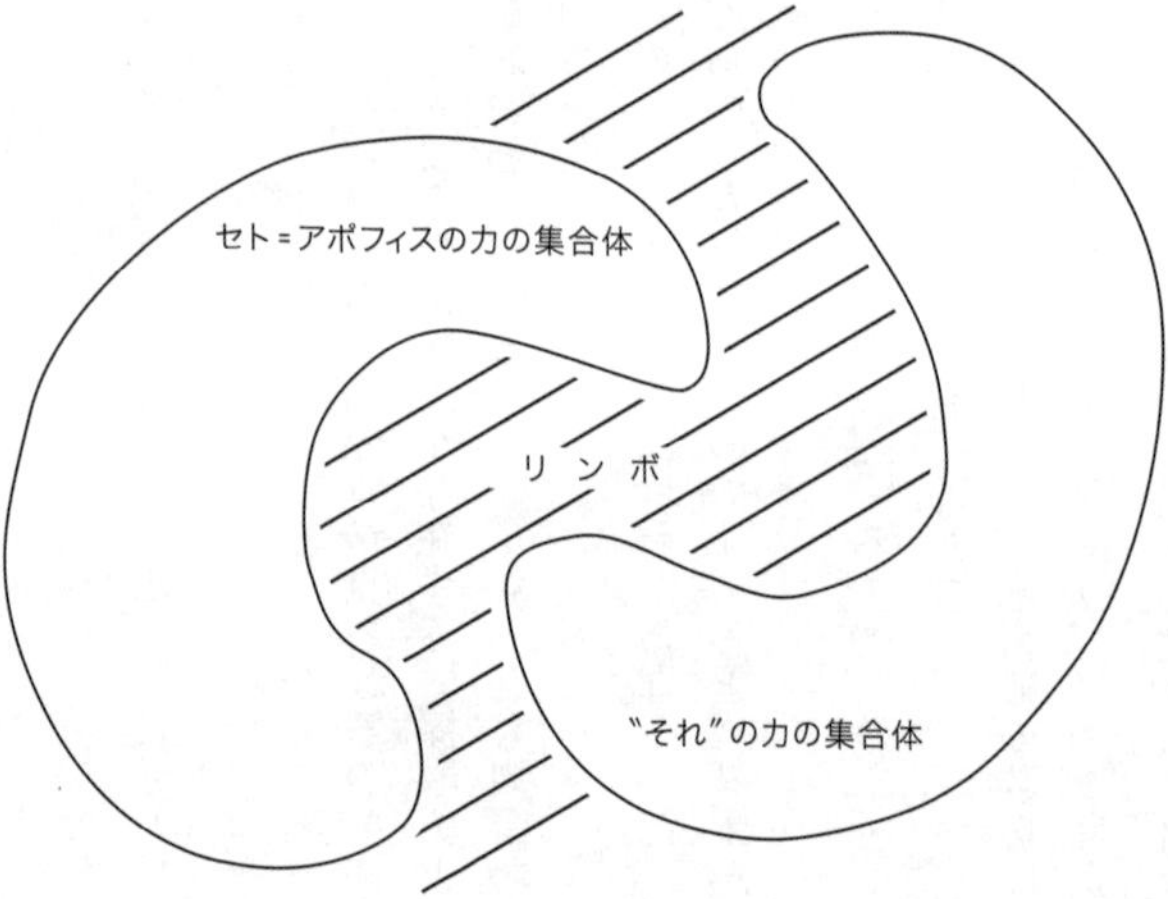

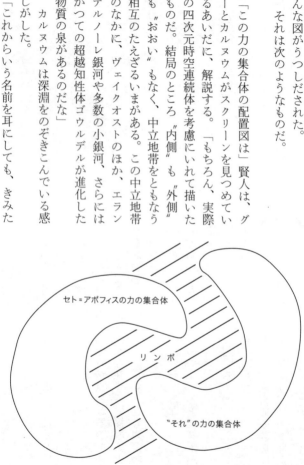

ちはほとんどなんのイメージもわかないだろう」と、賢人が話をつづける。「だが、これらの銀河は多くの偉大な文明の故郷なのだ。簡略化していえば、〝それ〟の力の集合体は直径二百五十万光年の球空間だといえる。もちろん、その境界は正確に決められるものではなく、流動的で、ほかの宇宙とくらべて相対的にちいさなセクターだ。〝それ〟の力の集合体には、次の小銀河が属している……大マゼラン星雲、小マゼラン星雲、りゅう座、こぐま座、ちょうこくしつ座、ろ座、しし座IおよびII、NGC6822、NGC147、IC1613、NGC205、M－32、アンドロメダ座の大渦状銀河、M－33、そして銀河系銀河。〝それ〟自体はエデンIIと呼ばれる惑星におり、力の集合体の精神的中心を形成している。

セト＝アポフィスの統治圏には五つの大銀河が属する。ヘドロポオンとも呼ばれる巨大な渦状銀河M－81、固有名がセトドロポオンあるいはセトデポであるレンズ状銀河M－82、さらに、M－81の周囲の銀河群にある星団ウェトロモオン、パルルツェレエス、ブレクティノオン」

それがわれわれにどう役だつというのかと、カルヌウムは絶望的に自問する。

「これらの名前やタイプは、座標とともにヘスケントのコンピュータ施設に送っておいた」と、賢人が告げる。「わたしが故障したときのためだ」

グーは押し殺した声で、

「故障する？　つまり、あなたは、将来われわれが放棄しなければならなくなる、マシンのようなものということ？」

「水宮殿の前で演説したカルヌウムの話から聞きとったことによれば、かれは賢人を放棄することができると思っている」と、賢人は曖昧《あいまい》に答える。

「わたしはものごとの関連を知らなかったのです」銀色の宇宙服を身につけた痩身のクラン人が打ちひしがれていう。「想像すらしていなかった」

「事態は動きだしている」と、賢人。「が、目下わたしは、すべてがどのように展開することになるのか、予言できない」

宇宙の光にかけて！　カルヌウムは驚いた。賢人がとほうにくれている！

5

《ソル》をはなれた瞬間、ブレザー・ファドンのなかで〝孤独〟の概念があらたな次元を獲得した。裸で盆にのせられ、まったく見通せない敵の大群にさしだされているようだ。成功するか否か、いまにも決まるかもしれないと知っているにもかかわらず、この感覚のため、一瞬立ちどまった。担架の足側で操縦装置をにぎりしめたまま。

スカウティは担架の隣りに立ち、視線は意識不明のマラガンに向けられていた。

ファドンは次に、可能なかぎり速く走りたいという衝動に駆られた。水宮殿の入口までの比較的短い距離を、できるだけ短い時間で到達するために。しかし、かれはサーフォ・マラガンに対する責任を自覚していた。許されるスピードはひとえに留め具のなかのスプーディ塊の反応にかかっている。動きが急激すぎれば、スプーディ球が落下し、接続チューブがちぎれるかもしれない。それはマラガンの最期を意味するだろう。かといって、ゆっくりと進めば、注意深いクラン人たちに発見され、水宮殿に到達する前に追いつかれる危険がある。

このふたつの可能性の実状をほとんどわからぬまま、適切に考えなければならないのだ。

思わず、しわがれた笑い声を発した。

「どうしたの？」スカウティが即座にたずねる。「どうして、進まないの？」

「進むとも」と、ファドンはつぶやき、担架を押しはじめた。担架はすぐに、まったく重力がないかのように軽く動く。

ひょっとしたらわれわれは、ここで最期を迎えるために、クランドホル公国の半分を通過してきたのか、と、ファドンは苦々しく自問した。

《ソル》の影から出れば、それだけ発見される危険が大きくなる。見つからずに水宮殿に到達することはまずないだろう……問題は、発見した者たちがどのように反応するかだ！

一・四Gの重力は、スカウティとブレザーにはほとんど問題にならない。クラン艦やネストに滞在するあいだに、とっくに慣れていたから。

まっすぐ水宮殿を凝視し、ファドンは先へと進む。悪夢のような幻影が、はりつめた理性を苦しめる。マラガンが目ざめ、はげしくベルトと留め具に抵抗しているという幻影だ。しかし、友の顔をちらりと見れば、いまは、すくなくともそのような出来ごとを心配する必要はないとわかった。次に、上空のクラン艦が砲火を開くかもしれないと想像する。そうなったら、三ベッチデ人は、まったく気づかぬ間に、生涯を終えることになるだろう。しかし、広場の孤独な三生物をとっくに発見しているはずなのに、ダロス上空でパトロールしている部隊に動きはない。

ファドンは町のほうをちらりと見やる。ピラミッド形建造物と、それらのあいだをつなぐ高架道や橋がシルエットになっている。町でいま起きていることを認識させない……むしろおちついた光景だった。

「ブレザー！」と、スカウティが叫ぶ。

ファドンが振り向くと、三角形のグライダー二機がダロスへと驀進《ばくしん》してくるのが見えた。地上二メートルほどのところを、まっすぐベッチデ人たちめがけてやってくる。

「防衛隊のマシンだ」ファドンが、なんのしるしもないにもかかわらず、いう。

どっちみち両グライダーから逃れることはできないから、立ちどまる。防衛隊のエンブレムを両マシンの外殻に探すが、見つからない。防衛隊に一般的なブルーの塗装もされていない。

私用機か！　と、頭をよぎる。

個体防御バリアのスイッチをいれ、パラライザーをぬく。ふたりは、攻撃者を不必要に挑発しないため、ほかの装備品は持っていない。

グライダーは目の前に着陸した。両機とも若いクラン人四人が乗っていて、跳びだしてくると、威嚇するような姿勢でベッチデ人たちのほうへやってきた。

「おお、三人の孤独な賢人の従者よ！」と、ひとりがいう。

ファドンは、そのクラン人がおちついていることを不思議に思う。武器も持っていない。すくなくとも、見えるところには。

「賢人の従者ではないわ」と、スカウティがいう。「わたしたちはベッチデ人で、公国艦隊の新入りよ」

べつのひとりがさらに歩みよってきて、呪縛されたようにマラガンの頭上にあるスプーディ球を見つめ、

「宇宙の光にかけて！」と、あえぐようにいう。「これを見てみろ！　何百ものスプーディだ！」

ほかの者も近づいてくる。かれらの攻撃意欲は懐疑的な驚き、いや、驚愕に変わった。

ファドンはパラライザーを若者たちのほうに向け、

「その男に触るな！」と、鋭くいう。「病気なのだ。われわれ、かれを助けたくて、水宮殿へ連れていくところ」

スカウティがかれの袖をひき、ダロスの縁をさししめす。《ソル》のななめ横から、クラン人数ダースがひろびろした広場へと突進してくる。

「はじまったぞ」ファドンが憤激していう。「両グライダーがあらわれたことが、おそ

らく合図になったのだ」

ファドンは、若者八人のあいだにある反重力担架を、かれらに目をくれることなく押す。そのおちついた態度ゆえに、クラン人たちはわきによけ、その場にとどまった。はげしく議論しているのが聞こえた。

「もっと急いで！」スカウティがせきたてる。「追いつかれるわよ」

ファドンは振り向くことなく、担架を強く押し、駆けだす。スプーディ塊が留め具のなかで揺れはじめ、落ちそうだ。

「これ以上速くは進めない」と、ファドン。

背後からクラン人の叫び声が聞こえる。セネカが介入し、警告発砲するだろうという望みはかなわなかった。船載ポジトロニクスのパッシヴな態度はよくわかっていたが。三百隻のクラン艦は、セネカに介入させまいとするまぎれもない証拠だ。

ひょっとしたら、水宮殿から助けがくるのではないかとファドンは考えた。結局のところ、自分たちは賢人の希望でここにいるのであり、あの謎に満ちた施設なら、ちいさな搬送が破滅に向かって進んでいくことを、まちがいなく阻止できる。

「かれらがひとつにまとまったわ」スカウティがいらいらと確認する。「あの若者たちは、いまや、ほかの者たちといっしょにわたしたちを追ってくる」

追跡者たちの近づいてくる足音と叫び声が聞こえる。ベッチデ人に立ちどまるよう要求していた。

「先に行って！」と、スカウティが友にいう。彼女は膝をつき、パラライザーをかまえる。

「狂ったのか？」と、ファドンはどなりつけた。

ファドンは、立ちどまり、向きを変える。先頭の追跡者たちはほとんどこちらに追いついていた。その瞬間、スカウティが撃ちはじめる。クラン人三人が麻痺してくずおれた。四人めがスカウティに向かって大きくジャンプし、彼女の手から武器を奪う。スカウティははげしく抵抗するが、もともと大きくて力のあるクラン人につかまれ、振りほどけない。

ファドンは自分のパラライザーを地面に投げた。

数秒のうちに、クラン人にとりかこまれる。ファドンは、マラガンの尋常ではないようすが、打ちのめされ無理やりひきずられることから守ってくれると確信していた。

ファドンはマラガンをさししめし、冷静にいう。

「いままでにこのように多くのスプーディを持つ兄弟団メンバーを見たことがあるか？」

その言葉はねらいどおりの効果をあげた。攻撃者たちは黙りこみ、反重力担架のまわりに集まる。

「死んでいるのか？」と、ついに年配のクラン人がいう。棒状の道具……明らかに武器にするつもりだった……を手に持っている。

「ほぼ昏睡状態にある」と、ファドン。なにも失うものはないという意識が、かれをますます冷静にした。そのあいだにスカウティも自由になり、ファドンを見つめていた。

「かれだけが、兄弟団の委託をうけ、賢人と交渉できる」と、ファドンはつづける。

「でも……でも、あなたたちは賢人の従者でしょう！」一クラン人女性が叫ぶ。

ファドンは否定の手ぶりをし、さげすむようにいう。

「われわれは賢人の従者のような服装はしていないし、スプーディ船から出てくるのを見ていたのだろう」

「かれら、自分たちはベッチデ人で、公国艦隊の新入りだと主張していた」グライダー二機でダロスにやってきた若いクラン人のひとりがいう。「が、いまや突然、兄弟団の代理人になったわけだ」

ファドンは悪態をつぶやく。

しなびた花をたてがみにさしていた巨大なクラン人が、ファドンの制服の胸ぐらをつかみ、高く持ちあげ、揺すり、

「すぐにほんとうのことがわかる」と、周囲に立っている者たちに憤怒の形相《ぎょうそう》で約束する。

「はなすのだ！」と、がらがら声がする。

大勢が振り向いた。ファドンは持ちあげられ、とほうにくれ、あえいでいる。道ができるのが見えた。ターツ三体……そのうち一体は、ファドンがこれまでに見たターツのなかでもっとも長身だった……が近づいてくる。

巨体がクラン人の手からファドンをとりあげ、地面におろす。おちつきはらった行動は、その登場以上に大きな驚きだった。

ターツは集まっている者たちのほうを向き、

「もう楽しんだろう」と、簡潔にいい、「かれらを好きにさせてやれ」

それに対する答えは憤《いきどお》りの叫び声だった。クラン人数人がトカゲの末裔《まつえい》に突進し、荒々しい乱闘がはじまる。

ファドンはだれに助けられたのか長考せず、反重力担架を押して、乱闘している連中のあいだをぬけ、水宮殿に向かっていく。スカウティは友のパラライザーをひろいあげ、ファドンに向かって突進しようとした一クラン人に向かって発射。

ターツは三体しかいなかったにもかかわらず、クラン人たちはかれらを負かすのに明らかに苦労していた。トカゲ生物は背中あわせに立ち、難攻不落の守りをかたちづくっている。

「やつを知っているぞ！」だれかが叫ぶ。「エイルドクだ」

ファドンはそれには注意をはらわず、目下の有利な状況を利用し、さらに巨大ピラミッドに向かって急ぐ。

そのとき、さらなるクラン人たちがあらわれた。地面ぎりぎりを驚くべきスピードで走るちいさなボードの上にしゃがんでいる。その目的が、水宮殿の入口へ向かうベッチデ人の道をさえぎることであるのは明らかだ。

ピラミッド正面がファドンの前に、はてしない壁のようにそびえていた。が、まだあまりにもはなれている。

そのとき、門が開いた。二枚の鋼製扉が開いていくのは、感銘をあたえる光景だ。

そこから一リスカーが出てくるのを見たとき、ファドンは、自分の目が信じられなかった。

突然、奇妙な音が鳴りひびいた。巨大な楽器の鋼の弦を指ではじいているかのようだが、歌声だ。ファドンの足もとの地面が小刻みに震動する。スカウティは驚き、顔面蒼白になった。クラン人たちはボードから落ち、それらはあてどなく先へと疾駆するか、あるいはピラミッドに衝突した。この不気味な出来ごとに納得のいく説明をすることはできないが、あのリスカーとかかわりがあるという印象を、ファドンはいだいた。

「先へ！」ファドンはかすれた声で叫ぶ。

「なに……あれはなんだったの？」と、スカウティ。

ファドンは肩をすくめ、担架を押しつづける。

そのとき、マラガンが目を開け、訴えるような奇妙な声を発した。

＊

エイルドクと同行者ふたりがクラン人の重みで倒れ、多数の興奮した群衆に殴りつけられているのが、スクリーン上ではっきり認識できた。

シスカルは背を向ける。

「じつに献身的だ」チリノはあざけるようにいう。「これで、あなたがエイルドクのからだに勲章をつけてやろうとしても、けっしてできませんな。さんざん殴られ、からだのなかで痛みを感じないところはどこにもないだろうから」

「報酬はそのために支払われている」防衛隊の女隊長は平然という。「はっきりいっておくが、エイルドクはもっとひどいことも体験している」

「あなたを恨むでしょう」クラン人が予言する。「遅ればせながら、この瞬間、なんのために自分が選ばれたか理解したわけです……激昂した市民数ダースの怒りのはけ口として」

「そうだ」と、シスカルが怒ったようにいう。「だがいまは、エイルドクの感情よりも重要なことがあるのだ」

彼女は通信機に向かい、水宮殿とコンタクトをとろうと試みた。しかし、賢人は応答しない。グー公爵とカルヌウム公爵の運命についてなにかわかるのではないか、ひょっとしたらどちらかと話ができるのではないかとさえ期待していたのだが。それがかなわなかったので、スプーディ船を呼びだす。トマソンが出て、

「感謝する」と、皮肉にいう。「あれは搬送の大きな助けになった。賢人が介入しなければ、ベッチデ人三人は途中で進めなくなっていたはず。このあとなにもなければ、かれらはすぐにも水宮殿のなかに姿を消せるだろう」

「わたしは自分にできることをしただけ」と、クラン人女性。「賢人が介入したことに関しては、なにも知らない。目下、観察を指示していて、報告を待っているところ」

「賢人が未知の武器を投入したのだ。音波を使ったものだと思われるが」

「では、それは〝生きた兵器〟だ」と、シスカルが確認する。「わたしは、水宮殿のなかに消えたといわれるルゴシアードの全勝者のリストを持っている。これらの生物の能力を知っているが、そのなかにいる一リスカーが……」

いいかけた話を中断した。トマソンの表情が一変し、

「なにかおかしいぞ！」と、叫んだのだ。「かれらがいらだっている」

シスカルは椅子にすわったまま、スクリーンの前に移動し、ほとんど目的地に到達した搬送作業がふたたび停滞しているのを見る。しかし、その外的要因は認識できない。

ベッチデ人ふたりは意識不明の仲間の上にかがみ、世話をしているように見える。

「よく聞くのだ！」と、シスカルがふたたびトマソンのほうを向き、叫ぶ。「あなたはまちがいなく、いまわれわれを悩ませている状況をイメージできるはず。賢人とコンタクトをとろうと試みたが、応答はなかった。それゆえ、スプーディ船から賢人に連絡してもらうしかない」

「賢人はセネカとしか話さないのだ」

「では、セネカを介して試みよ！」

「さて」と、トマソンが自信なさげに、「あの装置はあてにならない。われわれが、すでに何度もあれに腹をたてていたことは知っているはず。しかし、今回ほどひどくはなかった。最初、セネカは賢人を殲滅《せんめつ》したがっていたが、いまは明らかにかれと結託している」

「そうだとしても！」シスカルは執拗だ。「いま責任ある立場にあるわたしやほかのクラン人は、公爵ふたりの運命がどうなっているのか、どうしても知らなければならない。それにしたがって、われわれの次の数歩を決めなければ」

注意深く耳をかたむけていたチリノは、皮肉っぽく自問する。シスカルのいう〝ほかのクラン人〟とはだれなのだろうかと。

「わたしとしては」と、トマソンが答える。「成果があれば連絡するが、過度な期待はしないように」

接続が切れ、シスカルはシートに深くすわりこむ。両脚をのばし、目を閉じた。チリノはなにもいわない。わずかなあいだリラックスしようとしている彼女のじゃまをしたくないから。

「われわれがやることはわかっている」シスカルが目を閉じたままいう。「群衆に対して、公爵たちからのメッセージを持っているかのようにふるまうのだ」

「カルヌウム公爵の名において話をするつもりだと？」

「それと、グー公爵の名において」

「しかし、それは見破られるでしょう」

「どうかな。動揺している市民は、なにか聞ければよろこぶのではないか」

チリノは部屋を歩きまわり、ときどき立ちどまり、シスカルのほうを見る。だが、彼女はずっと目を閉じたままだ。

「群衆になにをいうつもりなのですか？」と、ついにたずねる。

「かれらをおちつかせ、自信を持たせるようなことを」

「そんなことがなにかあると？」と、宇宙港管理責任者があざけるようにいう。

「賢人が公爵ふたりに全権を譲り、今後はもう政治にはかかわらないと宣言したというのだ。さらに、全賢人の従者が近いうちに水宮殿から去ると告知する」

「ばかげている！」

　防衛隊長のまぶたが開き、

「だが、まさに、そうなるだろう！」

「あなたは予言者ではない」チリノははげしく否定の手ぶりをし、「なにが起こるか、あなたにわかるはずがない」

　シスカルはかれに、老婦人というより若い女性のようなポーズで笑いかけ、

「賢人がかつて、われわれを見殺しにしたことがあったか？」

「な……ないが」と、かれはためらいがちに答える。

「だろう！　わたしは賢人を信頼している。かれはなにが必要かわかっていて、それに応じて行動する。なにをしなければならないか、かれは知っているのだ。だから、そうするだろう」

　チリノは不信感をあらわに彼女を見つめ、

「賢人と特別な関係にあるようないい方ですな」さらに目を大きく見開いて、「つまり、あなたは、賢人の正体さえ知っていると」

「優秀な女警察官だからね」と、彼女は色っぽくいう。

　トマソンから連絡がはいり、

「どうしようもない」と、告げる。「われわれ、セネカとコンタクトがとれない。まし

て賢人とは。船内の動揺も大きくなっている。通常の乗員と技術者チームのあいだに争いが起きるのではないだろうか」

「そうならないようにするのだ！」シスカルが命じる。

「もちろん」と、トマソンは気持ちをおさえていい、不自由な手を宣誓するようにあげる。「そうならないようにする」

トマソンの姿がフェードアウトする。シスカルはチリノのほうを向き、

「さて、メッセージをしあげよう」と、せかせかという。

＊

サーフォ・マラガンは、頭を精いっぱいもたげた。そのため、スプーディ塊とつながるチューブがすこし折れ曲がる。マラガンの目は熱があるように輝いていた。開かれている門ごしに水宮殿のなかを凝視している。スカウティはマラガンの額の汗を拭《ぬぐ》ってやった。ファドンが心配そうにかれを観察する。

「あのな」と、マラガンがしわがれた声でささやく。「わたしは一度ここにきたことがある！」

6

おのれの遠大な計画から、なにが生じたというのか？　カルヌウム公爵はうろたえるように自問する。

病的な功名心に憑《つ》かれ、ひとりで公国を支配するため、あらゆる可能な行動に出た。最終的に、グー公爵の殺害さえ躊躇しなかったほど。さいわい、この暗殺計画は失敗したが、グーは重傷を負い、それを克服できるかどうかまだわからない。

カルヌウムは恥じいる。

「われわれは、なんとおろかだったことか」グーが弱々しい声でつぶやく。「われわれ、星間帝国のために戦うつもりだったし、ヴェイクオスト銀河のかたすみにまで宇宙の光をもたらしたかった。自分たちの文明を、宇宙航行文明のなかでもっとも偉大でもっとも成功したものだと思っていたのに。それが、いまは？」

「その誇りが、克服の助けになるだろう」と、賢人の声がいう。「きみたちがやったことはなかなかのものだ。公爵が有能で思慮深く作戦行動していなければ、どんな助力も役にたたなかった」

カルヌウムは頭に触れ、

「しかし、スプーディがなければ、われわれ、なにもできなかったでしょう。スプーディとあなたの助力がなければ、賢人」

「近い将来、クランドホル公国は、いたるところにスプーディを投入しなくとも存続できるようになるはず」賢人が断言する。「はるか遠くはなれた惑星には、あらたに開発されたロボット・タイプが投入されよう。公国に併合されたばかりの諸種族は、新しい教授法により、スプーディがなくとものごとの関連を理解できるようになる。クランの将来の世代も同様に、もうスプーディを必要としなくなる。わたしはすでに、代替システムを学校に導入するよう指示した。これで、若いクラン人に自然にそなわる素質は、いままでになかったほど向上するだろう。学校で得た知識をそなえた若い市民たちは、もはやスプーディを必要としなくなる。もちろん、過渡期はあるが、そのとき浮上する諸問題は克服できるはずだ」

カルヌウムは賢人の言葉から、ひとつのことを察知した。つまり、危機は予測せず訪れるのではない。賢人は、ずっと前からそれを予測しており、長期にわたって準備をしていたのだ。

が、その賢人をもってしても、これほど突然に劇的な危機がはじまるとは予知できなかったのだろう。

カルヌウムはグーのベッドにかがみこみ、「きみはわたしとともに行動したくないだろう」と、低い声でいう。「きみを死に追いやりかけた男とは」

「必要とあらば」グーも低い声でいう。「もっとも邪悪な悪魔とだって交渉する……クランのためなら」

カルヌウムはいかなる幻想もいだかない。たとえグーにいま譲歩の用意があるにしても、こちらが殺人のくわだてをした事実は、いつもふたりのあいだにありつづけるだろう。かつて三頭政治をきわだたせていた協調は、ついに打ち砕かれてしまった。ツァペルロウは死に、グーは重傷を負い、カルヌウムは権力に飢えた殺人者であることが暴《あば》かれたのだ。

この三つのどれをとっても、この三公爵の時代を終わらせるに充分だろう。われわれのあとにはなにがくるのだろう、と、カルヌウムは自問する。だれが次の公爵になり、賢人はどうなるのだろうか？

「われわれ、クランに平穏を確立するために、なにができるか考えてみよう」と、グーに提案する。

グーはゆっくりうなずく。

気がつくと、大きな門が開いていた。カルヌウムは、一リスカーが戸外に出ていき、まもなくもどってきたのを見た。

いまや、ベッチデ人三人が水宮殿に足を踏みいれる……正確にいえば、かれらのうちのふたりが足を踏みいれ、三人めは反重力担架の上だったが。

「きみのお気にいりたちがきたぞ」カルヌウムはグーに気づかせた。

それから、グーが上体を起こすのを手伝う。

賢人の従者たちのおちつきがなくなり、ベッチデ人を避けようとする。カルヌウムにはなぜだかわからない。賢人の従者たちと新入り三人は、疑いもなく同種族に属しているのに。

「マラガンの頭上にあるのは……なんなんだ?」と、グーがきく。

その瞬間、カルヌウムは、なにが賢人の従者たちを不安にしているのかわかった。担架のベッチデ人の頭上で、数百のスプーディからなる球が原始的な留め具に支えられ、チューブで男の頭とつながっている。スプーディ集合体は光をはなっていて、明らかに一種のエネルギー性泡のなかにあった。

「まったく常軌を逸している」と、カルヌウムはうめく。「一生物が数百のスプーディを保持するとは。この男、これに耐えて生きのびることなどけっしてできやしない」

「かれらと話すんだ!」と、グーが要求する。「あのマラガンになにが起こり、なぜかれらがここにきたのか聞きだすのだ」

カルヌウムはひどくしりごみしていた。グーはかれのためらいを感じとり、

「さ、行くんだ！」と、せきたてる。「重要な情報がいくつか得られるかもしれない」

カルヌウムがまさに動こうとしたとき、ベッチデ人三人は賢人の従者たちにとりまかれた。カルヌウムは、賢人の従者たちの態度が友好的でないことに驚く。明らかに、同胞三人を水宮殿から追いだそうとしている。公爵にとって、この態度は不可解だった。

賢人の従者のスポークスマンがベッチデ人にいっていることが聞こえた。

「きみたち、なんの用があるのか？」男が怒ったようにたずねる。「いかなる権利があって、ここにはいってきた？　この男は、なぜ、これほど多くのスプーディを保持しているのか？」

「わたしはブレザー・ファドン」ベッチデ人のひとりが答えた。「この女性はスカウティ、担架の男はサーフォ・マラガンという。われわれ、惑星キルクールからきた。かつて、われわれの先祖が《ソル》から、そこに遺棄されたのだ。われわれは、あなたたち賢人の従者も、もともとソラナーに属していたことを知っている。なぜ、われわれを、このように非友好的に迎えるのか？」

賢人の従者はスプーディ塊をさししめし、

「それはどうしたんだ？」と、たずねる。

「かれのせいじゃない」ブレザー・ファドンと名乗ったベッチデ人が答える。「最初、兄弟団がかれを四重スプーディ保持者にした。スカウティとわたしもスプーディを四匹、保持している。その助けがあれば、マラガンとコンタクトできて、かれを助けられると思ったからだ。いまマラガンがつながっているスプーディ集合体は、最終的には、かれと《ソル》船載ポジトロニクスとのあいだの神聖とはいえない同盟の結果なのだ」

賢人の従者が数人、威嚇するようにこぶしを振りながら、担架へと進んでくる。ベッチデ人三人に対するふるまいには深い理由があるにちがいないと、カルヌウムは予感する。それがなんなのかはわからないが。

賢人の従者のスポークスマンがいう。

「ここでなにを望もうが……われわれ、きみたちを送りかえす。水宮殿から消えるのだ。ここはきみたちがきていいところではない」

ファドンはびっくりしてまわりを見て、

「しかし、外では興奮したクラン人が多数待ちうけている。われわれがダロスに数歩足を踏みだせば、襲いかかってくるだろう」

「それはわれわれの問題ではない！」賢人の従者はますますとりつく島もなくなる。「暴力的に追いだされる前に、消えろ！」

ファドンはかぶりを振り、担架の足側へと歩む。ゆっくりと担架を方向転換させ、同行者の女にいう。

「行こう、スカウティ！　意味がない。《ソル》へたどりつけるか、やってみよう」

かれが担架を出口に押す前に、大きな門が閉まった。

賢人の従者たちは混乱してあたりを見まわす。それを見てカルヌウムは、門を閉じたのは、かれらではなく賢人だと理解する。

「じゃまをするな！」賢人の機械的な声が響く。「かれらはわたしの客だ」

賢人の従者たちがこの指示に対して疑わしげな、部分的には驚愕の反応をしたのを、カルヌウムは見た。

「かれらは、カルヌウム公爵とグー公爵同様に、わたしの客だ」と、賢人はさらにいった。「わたしは、自分にごく近い領域でかれらを迎える」

この言葉の意味を理解したとき、カルヌウムはぎくりとした。

自分たちは賢人に会えるのだ！

*

「思うのだが」と、トマソンは心おだやかではいられないようすで、「われわれ、非常に長くこの船で共同作業してきた」

「そうだな」タンワルツェンが陰鬱にいう。「公国の宙航士と技術者チームとのあいだの雰囲気はかならずしも上々ではない。ダロスでの出来ごとが船内の関係に影響をおよぼしているように思われる」

「われわれ、すくなくとも採取チームがはげしい争いにかかわらないよう、試みなければならない」と、トマソンが提案する。

タンワルツェンは同意した。目下できるのは、時間をむだにせず努力することだけだ。クランでの政治的状況がどう展開し、賢人がどうふるまうか、見守らなければならない。そのさい、計算できないファクターとなるのはセネカだ。たとえ完全に賢人の側に立っているように思われるとしても。

ツィア・ブランドストレムがハイ・シデリトのそばに歩みより、

「わたしたち、どうなるのでしょう?」と、心配そうにたずねる。「何年もひたすら、自分たちの任務にだけ集中してきたのに。こんな大変動がくるとわかっていれば」

せめてものなぐさめとして彼女になにかいえればいいのだが。クランドホル公国内で、《ソル》はスプーディ船としてこれまで特別な役割を占め、ほとんど神話的な意味を持っていた。自分たちの仕事がこれほど急速に不確実な領域におちいるかもしれないなどと、タンワルツェンは思いもしなかった。

「満足感がわれわれを盲目にした」カルス・ツェダーがコメントする。「われわれは満足していて、すべてのネガティヴな流れに見向きもしなかった。ある一定の任務のためにちいさなセクター内だけで作戦行動するのが、《ソル》の使命であるはずはない。船内メンテナンスをぶちこわすことが、われわれの任務であろうはずもない。われわれが先祖から教えられたことのすべてが、そうではないといっている」

「きみのいっていることは部分的には正しいよ」と、タンワルツェン。「われわれの先祖は、《ソル》の船内であらたな種が発展するだろうと考えた……完全な宇宙人間だ。だが、数ある進化の試みのうち、バーロ人は失敗例のひとつだと、われわれ、いまは知っている。かれらには未来がない」

「で、われわれには？」と、ツェダーがたずねる。「わたしもきみもバーロ人ではないが、やはり故郷や目的地を持たない、見捨てられた集団ではないのか？」

タンワルツェンは視線を遠くに向け、

「われわれには目的地すなわち故郷がある」と、あこがれるようにいう。

「なんのことをいっているの？」ツィア・ブランドストレムがたずねる。

「地球だ」

「地球！」ツィアとカルスが同時にいう。

「それほど的はずれか？」と、タンワルツェン。「《ソル》は全乗員の遠征船だが、われわれの先祖がペリー・ローダンから実験的試みのために譲りうけたのだ……そう、実験的試みのために。が、それは明らかに不成功に終わった。それゆえ、われわれは、この船を法律にもとづいた所有権者に返そう」

巨大なクラン人船長がかれらのあいだにはいり、

「地球に関するそのおしゃべりになんの意味があるのか？」と、どなりつける。「きみたちはまだ、賢人のために働くスプーディ船の乗員だ」

タンワルツェンはかれを見つめ、

「心配しなくていい」と、ため息をつく。「われわれ、地球がどこにあるのかも、まったく知らないのだから」

トマソンはちょっとためらった。かれの理解力は、状況によってしばしばゆっくりとしか働かないように見える。それから船長は、

「しかし、セネカは知っているのでは」

「そうだな」と、タンワルツェンが認める。頬骨ががっしりとして、唇は薄く、皮膚は毛穴が大きい。その顔を見れば、かれがセネカの情報にいかなる価値を認めているか、はっきりとわかる。

「これは、クランドホル公国の船だ」クラン人船長がつっけんどんにいう。

タンワルツェンとツィア・ブランドストレムは、暗黙の了解のまなざしをかわす。

争いの種が司令室要員たちのあいだにもまかれていた。

＊

サーフォ・マラガンは苦労して頭をもたげ、熱で光る目であたりを見まわし、

「そうだ」と、あえぐようにいう。「まちがいない……わたしはここにきたことがある！」

「熱による幻覚だな」ファドンが、サーフォに聞こえないように、低い声でスカウティにいう。

「玄関ホールだけではなく、水宮殿の内部のいくつかの部屋も」

ファドンはきかずにはいられなくなり、

「で、賢人にも会ったことがあるのか？」

「それは……わからない」

スカウティはマラガンをそっと反重力担架に押しもどし、額の汗を拭ってやり、

「無理しちゃだめよ、サーフォ」と、いう。「病気なんだから。でも、わたしたち、賢人があなたを助けてくれると願っている」

マラガンは低くすすり泣きながら、

「わたしは兄弟団の道具だった。クランの兄弟団のためにスパイ活動をし、賢人を妨害することがわたしの任務だった」

「それは過去のことよ」

マラガンは上を見て、

「これらのスプーディからわたしを解放してくれ」と、もとめる。

「それは、わたしたちにはできないの」スカウティは絶望的に答える。「賢人があなたのために尽力してくれる」

突然、マラガンが大声で叫びはじめた。

「いま、わかった！　思いだしたぞ！」

「発作よ！」スカウティがうろたえてあとずさる。

「そうじゃない！」ファドンはかぶりを振り、病気の友を注意深く観察する。「なにかを思いだしはじめたのだと思う」

「ルゴシアードのあとだ」マラガンはしわがれた声でささやく。「わたしはスーパーゲームが開催されたクールルスのエドヌクで、建物のなかにいた。スーパーゲームに勝ち、マルタ＝マルタの達人ドエヴェリンクを打ち負かしさえした。スーパーゲームは三次元チェスのようなものだった、わかるか……チェスだ！」

「きみは思い違いをしている」ブレザー・ファドンは危ぶむように、「きみはキルクールでドク・ミングとよくチェスのゲームをやっていた。そうしたことすべてが、ごちゃまぜになっているにちがいない」

「いや、そうではない」と、マラガンは断言する。「チェスの基礎的な知識を知らなければ、わたしはエドヌクでスーパーゲームにけっして勝てなかっただろう。チェスとターツのマルタ＝マルタとのあいだには、驚くべき類似性がある」

「しかし、かれらはそれをどこからうけついだんだ？」

マラガンは答えなかったが、スカウティがいった。

「ソラナーがチェスを公国に導入したということはありえないかしら？　ドク・ミングはチェスをいとこから学んだといったわ。もともとは明らかに《ソル》からきたのよ。ひょっとしたら、ターツはソラナーとの最初のコンタクトのさいにチェスを学び、それに夢中になってひきついだのかも。そこからマルタ＝マルタをつくりあげた」

マラガンは彼女の話をさえぎり、

「わたしはスーパーゲームに勝ったあと、ここへ連れてこられた！」

「ここへ？」ファドンが額にしわをよせる。「きみは、水宮殿のなかのことをいっているのか？」

「そうだ」と、マラガン。

「わたしたちがあちこちで耳にした噂を思いだして！」スカウティがまた口をはさむ。「スーパーゲームが実施されるたび、その勝者を賢人が自分のところに連れてくるといっていなかった？」

ファドンはとほうにくれて両手をひろげ、

「だが、どうやって？」

「転送機だ」と、マラガンが説明する。「クールスのエドヌクのさいころ状建造物には、高機能のコンパクトな転送機システムがあった。勝者が決まるたび、それによって水宮殿に連れていかれる」

「しかし、なんのために？」と、ファドンがたずねる。

「賢人はこの方法で特殊部隊をつくりあげたのだと思う。特別な親衛隊といってもいいだろう」と、マラガンが推測する。

「そのとおりだ」金属的な賢人の声が響く。こんどは、ユーモアの調子がまじっているように思われた。「実証ずみの手本にしたがってつくった」

「どのような手本？」ファドンが驚いてたずねる。

「第三勢力のミュータント部隊を手本にした」と、答えが返ってきた。

ベッチデ人三人はたがいに顔を見あわせた。

「どういうこと？」スカウティが疑問を口にする。サーフォとブレザーの顔を見て、かれらもまったく同様にとほうにくれているのがわかった。

長身の賢人の従者が三人のところにきて、にらみつける。賢人の決定に賛成でないことが見てとれる……その憤りは、まず第一にマラガンに向けられているようだった。

「わたしはコヌクという」と、男はいう。「両公爵ときみたちを賢人のところへ案内することが、わたしの仕事だ」

ファドンが笑みを浮かべ、

「わかった」と、いう。「案内してくれ。われわれ、きみについていくから」

＊

ルゴシアードの勝者たちの宿舎は、玄関ホールと水宮殿の中心の部屋のあいだにあった。賢人の指示で宇宙のどこか、あるいは公国のはなれた惑星に出動していないときは、いつもそこに滞在している。

特殊部隊のメンバーはヴェイクオスト銀河の種々の種族に属しているので、緊密なコンタクトは好まない。むしろ、必要に迫られたときだけ協同して任務にあたる、一匹狼のグループと呼ぶことができるだろう。

そのため、宿舎の一部である共同の滞在室は比較的ちいさく、クランに滞在する特殊部隊のメンバー全員がはじめてそのなかにいるいま、圧迫感を感じるほどせまい。

リスカー、プロドハイマー＝フェンケン、アイ人、ムスール、ターツ、ボルクスダナー、クラン人などが集まっていた。これらの知性体に共通の思いがあるとすれば、それは、ぴったりとならんでいっしょにすわったり立ったりしなければならない居心地の悪さだ。もちろん、この居心地の悪さは、たんに異種族どうしという自然な拒否の結果だけではない。なによりも、集まった者たちが、たがいの持つ〝特性〟を知っていることに起因する。それはときに危険を意味するからだ。

かれらはどの点においても、あまりに異なり、あまりに特殊な天分があるため、共通のリーダーを決めていない。それでも、ググメルラートという名前のプロドハイマー＝フェンケンを自分たちのスポークスマンとして認めていた。ググメルラートは第四十五回ルゴシアードの勝利者で、外見は友好的な生物だ。ひとえにその人柄と能力のおかげで、この異種族グループにおける風あたりの強い地位をこなしている。その能力について噂されるのは、かれが不在のときのみだが。ググメルラートは、一定の原子構造を変えることができるらしい。すでに賢人の指示で、ほかの惑星に何回か出動し、すべてを成功裡に終えていた。ググメルラートがその能力を発揮するのを見たという者は、居あわせる者のなかにはいない。とはいえ、だれも根本において、そのことを残念とは思わなかった。

プロドハイマー＝フェンケンは一度だけ、その能力を水宮殿のなかで実演してみせたことがあった。賢人の従者のちいさな祝宴で、少量のトロンクを飲んで酔ったときのことだ。

そのとき、ググメルラートは中空の球の内側を外側に裏がえした。そのトリックを証明しようとする執拗な努力はまだ成功していない。それ以来、ターツのウルディスはその奇妙な球を保存しているが、これまで、秘密を解くことはできていないのだ。

全員そろったと確認したググメルラートは、ちいさなテーブルによじのぼった。なぜなら、かれは種族のメンバー同様、身長が一メートル半しかなく、床に立っていたのでは、とりわけクラン人やターツにくらべると頭ひとつぶん以上も低いから。

ひかえめにはじまっていた会話がやむ。

「この集会はわれわれ自身のイニシアティヴで開かれた」と、ググメルラートがはじめた。「賢人がもとめたものではないということ。それどころか、われわれがなにを決定しようとしているのかを賢人が聞いたら、解散を命じる可能性があることを覚悟しなければならない」

数人の出席者は、すでに賢人の異議を待ちうけているかのように、耳をかたむけながら頭をあげる。しかし、声は鳴りひびかなかった。

「われわれが仲間のひとりとみなしていた者がもどってきた」と、ググメルラートがかなり早口でつづける。それはプロドハイマー＝フェンケンの話し方の特徴ではあるが、賢人の妨害をひそかに予想してのことでもある。「しかし、サーフォ・マラガンは劇的に変わってしまった。きみたち全員、すでにスクリーンでかれを見たはず。かれは反重力担架に横たわり、いまも玄関ホールにいる。それでも賢人のところへ連れていくよういわれている」

抗議のつぶやきがあがる。ググメルラートはそれを手ぶりで制し、

「われわれのだれもこれまで、賢人の決定はすべて正しいと考え、疑ったことがない」

と、淡々という。「それだけにいっそう、われわれはいま、賢人が重大な誤りをおかしつつあるということから出発しなければならない。サーフォ・マラガンはスプーディ塊につながれている。われわれのだれもが、それがなにを意味するかわかっている。賢人が状況を間違って評価しているか、あるいはかれの決定能力が影響をうけているのだと、わたしは思う」

非常にしずかになった。だれも動かない。

この瞬間、賢人の声が、

「わたしはきみたちにふかく感謝する」と、いう。「とりわけ、ググメルラートに。きみがイニシアティヴをとる勇気を奮いおこしたことに。だが、心配はいらない。サーフォ・マラガンはなんらわたしにとって危険を意味しない。かれの同行者たちもだ。かれらをわたしのところへこさせるのだ」

この言葉にググメルラートは身をくねらせた。中心的人物として行動しなければならないのをいやがっているようだ。しかし、気をとりなおし、からだをまっすぐに起こし、テーブルの上に立ちつづけ、

「われわれ、つねにあなたのアドヴァイスにしたがい、あなたの命令を守る覚悟ができました」と、きっぱりという。「しかし、クランには、険悪な状況が生じています。兄弟団が賢人の無謬性《むびゅうせい》に疑念を強めていて、賢人という制度を完全に廃止するつもりでいます。それだけではなく、水宮殿内にも注目すべき問題が生じました。重傷者と裏切者である両公爵が、あなたへの謁見を許されるというのですから！　それと、多数のスプーディを持つマラガンも。賢人の従者たちが、もろ手をあげて同意できないのは、あなたも見てのとおりです」

「わたしは、自分がなにをやっているのかわかっている」と、賢人が断言する。「目下まさに脅威である多くの危険ゆえに、グー、カルヌウム、そしてベッチデ人三人と直接のコンタクトを持つことが重要なのだ」

ググメルラートはこわばり、

「だめです！」と、吐きだすようにいう。

「だめだと？」賢人がおうむがえしに、「それはどういうことか？　わたしが万一の場合にとりわけ信頼できると思っていた生物の反抗か？」

「反抗ではありません！」プロドハイマー＝フェンケンが大急ぎで断言する。この非難が集まっている者たちにいかなる効果を持つか、わかるだけに。「ただ、われわれにとり、すべてがあまりに急すぎます。熟考と議論のための時間が必要ということ」

「議論のため！」賢人があざける。「なんと」

「われわれ、マラガンと話し、かれを調べるつもりです」と、ググメルラートが告げ、神経質に青い毛皮をなでる。「それから、どうすべきか決めます」

「かれらをわたしのところにこさせるのだ」賢人が威嚇するようにいう。「いますぐに！」

ググメルラートはテーブルから跳びおりる。背中の毛皮が逆立ち、はっきりと決断のよろこびがあらわれている。

「賢人は自分がなにをしているのか、もはやわかっていない。かれは裏切り者と数百のスプーディを保持する男を中枢部にいれるつもりだ。そうさせないようにしなければならない。すくなくとも、われわれがすべてを究明するまでは」

「力ずくでも？」と、一クラン人がきく。

「どうにもしかたがないなら」プロドハイマー＝フェンケンが苦々しくいう。「力ずくでも」

「いまいましいおろか者たち！」賢人の声が叫ぶ。「このうえ、まだわずらわせねば気がすまないのか？」

＊

自分の任務に対する不機嫌がつのり、コヌクはベッチデ人と公爵たちにさらに話しかけることもなく、かれらがついてくるのをたしかめるために、振りかえることもしない。

ファドンがマラガンを乗せた担架を押すあいだ、賢人の従者ふたりが……同じくあからさまな反感をいだいて……玄関ホールをぬけて重傷の公爵を苦労しながら運んでいく。フィッシャーがあとにつづく。

賢人の従者が集まっているところでは、かれらは無言で場所をあけるが、その陰鬱なまなざしは、どんな言葉以上にも雄弁だ。

マラガンは最後の力を出しつくし、目を閉じて横たわり、苦労して息をしていた。目がくぼみ、頬が落ちくぼんだ顔を見て、ファドンはほとんどマラガンを思いおこすことはできない……むしろ、髑髏《どくろ》に似ていた。

賢人の従者たちは、水宮殿防衛のための準備を明らかに完了していた。もはや玄関ホールへの搬送はないから。ソラナーの姿しかないことが、ファドンの注意をひく。すこし前までまだここに滞在していた、この銀河出身の種々の種族のメンバーは、ピラミッドの内部に消えていた。

賢人の居所への攻撃がほんとうにあるのかどうか、ファドンは自問する。その問いに答えられるだけこの惑星の状況を充分に知っているわけではないが、クランの市民たちがいかに激昂しているのか、身をもって体験していた。

水宮殿内部の部屋へ通じる通廊へ到着したとき、賢人の人工的な声が、「厄介なことが起きている」と、告げる。「きみたちを阻《はば》む試みがあるかもしれない」

コヌクは立ちどまった。

「それはどういうことですか？」ファドンが激昂してたずねる。「賢人が、自分自身の宮殿内に問題をかかえているということなのですか？　賢人の従者が数人、反乱を起こした人々に寝がえったのですか？」

コヌクが不同意のまなざしでファドンをにらみつけ、

「そもそも賢人の従者が本気で賢人のじゃまをすることはない。おそらくほかの者たちだ」

「ほかの者たち？」と、スカウティがくりかえす。

「賢人の特殊部隊……ルゴシアードの勝者たち」

ファドンはまずこの情報を吟味しなければならなかった。それがなにを意味するのか、ほんとうにはわからなかったが。

賢人の声がかれらの話をさえぎり、

「先へ進むのだ。そのときどきの状況に応じて、きみたちがどのように行動しなければならないのかを決めるから」

賢人自身、事態がどのように展開するのか、まったくわかっていないかのように聞こえた。そのような賢人に、クラン人が星間帝国を拡充する手助けができたのだろうか、と、ブレザー・ファドンは自問した。ひょっとしたら、賢人に関して間違ったイメージをつくりあげ、過大評価していたのではないか？

大きさは玄関ホールの半分ほどだが、多数の機器類がある部屋に到達した。一部分だけがクラン技術の産物で、ほかのすべては《ソル》の室内設備を思いおこさせる。賢人の従者が数人、装置の手入れに従事していた。かれらは一行が通りかかると、不機嫌に目をあげた。背面の壁にスクリーンがとりつけられ、賢人のシンボルとそのほかの文字が輝いていた。その下の左右に、開いた出入口がふたつあり、どちらも背丈の高いクラン人が楽に通れる高さがある。

ファドンが見た壁はピラミッドの外壁を思いださせた。それらも同様に、固化された水でできているようで、いろいろな模様をつくる無数の色を有していた。

コヌクはためらうことなく、右の通廊を選んだ。

しかし、小グループがそこにはいる前に、奇妙なコンビがあらわれた。アイ人とムスールだ。両生物がならぶと、なじみのなさがきわだつにもかかわらず、その態度からはっきりと、一行を阻止するためにきたことがわかった。

「進むのだ」と、賢人がいう。

グー公爵の風変わりなロボットであるフィッシャーが、主人と両異人のあいだを守りながら滑走するのを、ファドンは見た。

部屋が突然、奇妙な青い光のなかに浮かびあがる。光源はわからなかったが、氷のように冷たい微風がファドンの顔をなで、同時に、すべての金属物体が、淡青色の霜でおおわれはじめた。

「未知の武器を投入している！」カルヌウムが叫ぶ。

「きみたちにとって危険なものではない」と、賢人。「かれらは、あえてきみたちの命をあやうくすることはしないはず」

ファドンは納得できず、あたりを見まわし、恐怖を持たないでいいかどうか頭をめぐらせた。反重力担架の足側の枠が一挙に冷たくなったので、手がくっついてしまうのではないかと危惧する。

奇妙なことに、霜は金属でできた物体にだけあらわれ、空気はすぐに通常の温度になったようだ。

ファドンは手で霜をなでてみた。床に落ちて砕けるとき、ぱりぱりと低い音をたてた。

ファドンの見方によれば、事態がこういう展開になったのはアイ人と鳥生物のせいだ。

そこに、いまや一クラン人があらわれた。目がひとつしかなく、毛皮は奇妙にカールしている。

「グルドゥフだ」と、グーがうめく。「わたしはルゴシアードでかれを知った」

ひとつ目生物は部屋のなかに一歩はいり、

「さしあたり、だれも賢人のところへ行くことは許されません」と、きっぱりという。

「なぜ、きみたちはそれを阻止するのか？」カルヌウムがどなる。

「危険すぎるからです」と、グルドゥフ。

「つまり、特殊部隊が賢人に反抗しているのだな！」

「断じてそうではありません、カルヌウム。われわれ、あなたのような裏切り者ではない」

カルヌウムは獣じみた叫びを発し、こぶしを振りあげ、ひとつ目男に突進する。と、グルドゥフとのあいだに、なにもないところから頭大の微光をはなつ泡がいくつも生じた。カルヌウムはそのひとつに衝突し、よろめく。泡はしっかり溶接されたように、公爵の胸にはりついた。かれは両手でそれを必死でひっぱったが、ひきはがすことができない。

「あれはグルドゥフのトリックのひとつだ」と、グーが説明する。「かれは、ルゴシアードで勝ったとき、家の大きさほどの泡をつくり、それで墜落するグライダーをキャッチした」

「でも、どうやってつくるのですか？」スカウティがたずねる。

「大気の一定の成分を圧縮するんだ」グーが説明を試みる。「そうして、本格的な緩衝装置をつくる」

「精神力だけで？」ファドンが信じられないというようにきく。

「そのようだ」負傷している公爵がうなずく。「いずれにせよ、わたしは、かれが機械類をとりあつかっているのを見たことがない」

カルヌウムがのろのろとほかの者のところにもどってくる。白い毛皮が逆立っていた。グーのそばの床にうずくまる。泡が空中でぽんと音をたてて破裂する。公爵の胸にはりついていた泡も。カルヌウムは、泡がなくなったところを手で触れてみるが、なんの残留物も発見できなかった。

「われわれ、あなたがたを驚かせたり、ましてや傷つけたりするつもりはありません」ひとつ目男が告げる。「われわれには、状況を正確にイメージすることだけが重要なのです。すべてが明確になれば、あなたがたを送りかえすか、あるいは賢人のところへ行かせましょう」

「かれらはわたしの意志に反してきみたちを阻んでいるのだ！」と、賢人の声が叫ぶ。

コヌクとそのほかの賢人の従者ふたりの無関心な印象が、ファドンの注意をひく。三人にとって、この突発的な出来ごとはむしろ好ましいことのようだ。かれらは明らかに、賢人が両公爵とベッチデ人たちを迎えることに賛成ではなかったから。それには特別な理由があるにちがいない。

それゆえ、水宮殿内部の状況も、町そのものに劣らず混乱している。

「わたしたち、突破を試みるべきかしら？」スカウティが小声でたずねる。

「やったところで、たいして進めないだろう」と、ファドンが危惧する。「待つのがベストだ。かれらが妨げなければ、すくなくとも賢人はいつでもわれわれにコンタクトできる。われわれがなにをしなければならないのか、賢人がいってくれるはずだ」

「すべて、わたしの責任だ」マラガンが絶望してつぶやく。

「ばかなことを」と、ファドン。「頭を悩ますことをしちゃだめだ、サーフォ。いずれにせよ、われわれ、きみを賢人のところへ連れていく……賢人がきみを助けてくれるだろう」

一プロドハイマー＝フェンケンが部屋にはいってくる。

「ググメルラートです」と、グルドゥフがいう。「かれがあなたがたに対応します」

7

技術者チームの代表団は三名で構成されていた。ほかの者たちからスポークスマンに選ばれた女二名と男一名だ。タンワルツェンだけと話をしたいという。かれらの関心事が公国の宙航士たちにあるのだと、ハイ・シデリトは認識する。最初、会談を拒絶しようかとも考えたが、ソラナー三人の話を聞いたほうがいいと自分にいいきかせた。

交渉のため、司令室の隣りの独立したキャビンに訪問客三人を案内したとき、トマソンの懐疑的な視線がずっと向けられているのを感じた。

女ふたりはリサ・ラースキンとアルミナ・トゥルク、男は格納庫要員で、ハド・レガーという。

「われわれ、おかれた状況をよく考えてみました、ハイ・シデリト」と、アルミナ・トゥルク。「《ソル》はきわめて危険な状況にあります。クラン船三百隻が水宮殿上空で作戦行動をとっているのですから」

タンワルツェンはすぐに答えることをがまんし、あいた席を探してから仰々しくすわり、

「戦端を開いたのはわれわれの船であることを、忘れるつもりはない」と、ゆっくりとした口調でいう。「もちろん、その責任はセネカにあるが、外のクラン人たちはそのことをまず考慮にいれないだろう」

「いずれにせよ、われわれはできるだけ早くここから消えるべきです！」ハド・レガーが発言する。毛むくじゃらの手の、右頰にバーロ痣《あざ》のあるずんぐりした男だ。顔は角ばった印象をあたえる。レガーは、過去に技術者チームのより大きな権限をしばしば主張したソラナーのひとりだから、またこうして小代表団にいてもなんの不思議もない。

相手を観察しながら、これまでちゃんと同胞たちとつきあってこなかったことに対する遺憾の念がタンワルツェンを襲った。そうしていれば、かれらの基本的な性格に関する認識が得られていただろう。

レガーとこの女ふたりについて、どれほど知っているというのか？

「消える？」と、タンワルツェンはくりかえす。「どういうことだ、ハド？」

「《ソル》で惑星クランをはなれるのです！」

「で、公国の宙航士たちは？」

「送りだすのです」と、レガーが説明する。

「〝追いはらう〟だろう」タンワルツェンは訂正する。「きみはそういいたいのだ……なぜなら、かれらが自由意志でこの船をはなれることはまずないのだから」

レガーは苦虫をかみつぶしたような目つきをし、

「ほかに方法がなければ……」

タンワルツェンは脚を組み、

「きみは重要なことを忘れている」と、レガーをとがめる。「われわれ、クラン人にとってきわめて貴重な積み荷を載せている……スプーディだ。この積み荷を積んだままではどうにもならない」

リサ・ラースキンが軽蔑するように拒絶の手ぶりをし、

「スプーディを持っていかせればいいのです」と、いう。「わたしたちには必要ありませんから」

タンワルツェンは、水宮殿がある方角の壁をさししめし、

「では、賢人の従者たち数千人は？　われわれと同じソラナーだぞ！　かれらをあっさりと置き去りにするのか？」

「スプーディと交換すれば」レガーが提案する。

タンワルツェンはシートから立ちあがり、

「いいか」と、とがめるようにいう。「きみたちはそのいまいましいプランを徹底的に考えていない。基本的には、きみたちに賛成だ。しかし、きみたちの計画は暴力なくしては実現できない。公国の宙航士たちに対して反乱を起こせば、われわれ、船内で大殺

戮の危険を冒すことになる」

「採取チームはわれわれの側につくでしょう」レガーが異議を唱える。

「いや！」タンワルツェンが大声でいう。「それについてはなにも聞きたくない。時機がくれば、わたしが技術者チームの先頭に立ち、われわれの希望をトマソンにいうつもりだ。いまは、しずかにしていなければならない」

　レガーは威嚇するようにかれを見つめ、

「われわれ、あなたの支持がなくともはじめられます！」

「あわれなおろか者よ」タンワルツェンが気の毒そうにいう。「わたしの居場所は司令室だ。公国の宙航士たちや、ツィアとカルスもともにいる。かれらはわたしの側につくだろうし、セネカもわれわれを支持する。きみたちにチャンスはない。われわれが司令室からこの船全体をコントロールしているのだぞ」

「すくなくとも、その点においてはタンワルツェンのいうとおりよ、ハド」リサ・ラースキンが苦々しそうにいう。「かれは、クラン人たちに対してはいつも日和見《ひよりみ》主義ね」

もうタンワルツェンには目もくれないで、ソラナー三人は出ていく。技術者チームのリーダーは、意気消沈した気分で司令室にもどった。その瞬間、自分がどっちつかずの状態であることを知る。

「どうした？」トマソンが、タンワルツェンを見てたずねる。

「なにかが起こる」ソラナーがいう。「注意をおこたれば、スプーディ船のなかで戦いがはじまるだろう」

「シスカルが、どんなことがあってもそれを阻止するようにいってきた……わたしを支援してほしい」巨大なクラン人がいう。

「われわれ、なにをすべきだと？」タンワルツェンは困ったようにたずねる。

「まず、作業療法をやろう」トマソンが提案する。「いまは無意味に思われるかもしれないにしても、乗員たちに一定の作業任務をあたえるのだ。そのさい、公国の宙航士と技術者メンバーが違ったところで作業し、できるだけ会わないように配慮する」

「そのやり方では、かれらを長くはなしておけない」タンワルツェンが危惧する。

「そのうち、ほかにもなにか思いつくだろう」と、トマソン。

＊

最高裁判長の登場は行進パレードのようだった。ジェルヴァは全スタッフをひきつれて、シスカルの本部に姿をあらわしたのだ。若いクラン人女性が全同行者を監視ルームにともなうのを、シスカルはなんとか阻むことができた。数分前にクリトルが、ヘスケントで成果をあげているというだけのそっけない知らせをよこしていた。建築部門のチーフはおのれの役割をいまだにはっきりとわかっていないか、あるいは、会話を盗聴されると感じているかだ。

「チリノとわたしはちょうど全住民へのスピーチを準備している」シスカルは若い女に打ち明ける。「それをグー公爵とカルヌウム公爵の声明として出すつもりだ」

ジェルヴァは彼女を疑わしげに見つめ、

「しかし、それは不正です！　だれも公爵の名前で話すことは許されません」

「状況がそれをもとめている」防衛隊長は冷ややかに答える。「外からやってきたのだから、道路や公共広場のいたるところでなにが起きているか、わかっただろう」

ジェルヴァはこうべを垂れ、

「ええ」と、いう。「兄弟団のメンバーたちはいまどこにでも平然と姿をあらわしているし、かれらの組織はますます大きな人気を集めている。兄弟団は、クランの最大勢力になる勢いです。このままいけば、かれらは政権をになおうとするでしょうね」

シスカルは、それがけっして誇張ではないとわかっている。クランでの内戦の危険は強まっていた。そのような紛争勃発は、同時に、クランドホル公国の終焉を意味するだろう。なぜなら、いかに分権化しているといえども、クランがこの星間帝国の精神的中核なのだから。

シスカルが自分たちの今後のプランがどのようなものであるかをジェルヴァにくわしく説明しようとしたとき、ヘスケントから連絡がはいった。サウスタウンにあるこの区域は、ほとんどコンピュータ施設だけで構成されている。

　クリトルからだ。

　いつもなら愛想のいい印象をあたえる丸顔が緊張していた。クリトルはきわめて真剣な顔で、

「わたしは、任務を実現できるとは思えません」と、いう。「兄弟団のメンバーたちが重要な建物群を占拠し、多数の記憶装置のスイッチを、今後も賢人のために使うつもりならば遮断すると脅しています。住民の一部が占領者をあと押ししていて、状況はきわめて緊張しています」

　シスカルは悪いニュースをうけても、外見は平然としている。

「わたしが近づいても、これらの施設を賢人から切りはなしてわれわれの目的のために使えるようにできるとは思えません」と、クリトルがつづける。

「あなたはいまも建築部門のチーフなのだ」シスカルが怒ったようにいう。「その権威にもとづき、事態を掌握《しょうあく》しなければならないはず」

　建築士の顔が赤いしみでおおわれ、

「わたしは兄弟団の代表たちと交渉しました」と、いう。

「ほう！」と、シスカル。「それで？」

　クリトルは両手をひろげ、

「かれらは受諾可能なアイデアを提示しています」

「この……臆病者が！」シスカルははじめて完全にわれを忘れ、吐きだすようにいった。

「どうしたら、そのようにわれわれを裏切ることができるのか？」

クリトルは、スクリーンから彼女を無表情に見つめ、

「あなたも遅かれ早かれ、人々が兄弟団になびいていると認識することになるでしょう……」

「なびく？」彼女はその単語だけをとりあげ、「そんな言葉を使うのはやめろ、クリトル……むかむかする」

シスカルは、建築士がなにかいう前に、スイッチを切った。

「思うに」と、ジェルヴァとチリノのほうを向いていう。「われわれ、クリトルとヘスケントの施設をあきらめることになるかもしれない」

宇宙港管理責任者は肘かけ椅子にすわりこむと、

「コンピュータがなくては、そもそもチャンスがありません」と、むずかしそうにいう。

「だったら、戦術を変えなければならない」と、小柄なクラン女性。

「いったい、どのような戦術をとれると？」チリノが皮肉っぽくたずねる。

シスカルはそれにはまともに対応せず、

「兄弟団はヘスケントの重要な建物の一部を占拠したかもしれないが、それを賢人から

とりあげるための専門家はいない。クリトルにもまだ、そのさいかれらを助けるほどの覚悟ができていない」と、シスカル。

「で、どうするのです?」と、ジェルヴァがきく。

シスカルは出口に向かいながら、

「急げ!」と、叫ぶ。「われわれ、場所を変える」

「いったい、なにを考えているので?」と、チリノがたずねる。

「公爵たちの宮殿、テルトラスにおもむく」と、シスカル。「そこからなら、ヘスケントをコントロールし、操作できる。すくなくとも賢人が許容する範囲においては」

「なかにはいれると思うのですか? テルトラスのまわりには、激昂した群衆がくりだしているというのに」

シスカルが答える前に、ドアが開き、血が染みた包帯でからだを巻いた巨大な一ターツがはいってくる。

「エイルドク!」シスカルは安堵して、ほかのふたりのほうを振り向き、「かれと防衛隊員たちが入口まで防御する」と、勝ち誇ったようにいう。

「しかし、かれはまともに立っていられない!」チリノが抗議する。

エイルドクはかれをじっと見て、

「ほら、わたしはちゃんと立っていますよ!」と、がらがら声を出す。

8

　ググメルラートが小グループに近づいてくると、フィッシャーは思わず威嚇的ポーズをとった。プロドハイマー＝フェンケンはロボットには注意をはらわない。その態度は、ブレザー・ファドンがこれまでに知ったかれの同胞のだれとも違っている。

　しばらくのあいだ、ググメルラートは両公爵、三ベッチデ人、賢人の従者たちの前に立ったままで、グループのだれも話しあいをはじめそうにないのを無言のまま眺めていた。それは、ググメルラートがかれらに要求する、特別な種類の敬意だった……沈黙を破る時点を決めるのは、自分自身だという。

　小柄な生物は考えをめぐらせながら、長いあいだサーフォ・マラガンを見つめていた。最初の質問も、キルクールのかつての狩人に向けられた。

「どうして、きみは、そのようなスプーディの集合体につながれたのだ？」

「そのことは、すでに何度か説明した」ファドンは、マラガンがなにかいう前に、いらいらと割ってはいった。「これらのスプーディは、スプーディ船の積み荷に由来する。

もともと船載ポジトロニクスのセネカが賢人に対する戦いを計画していて、サーフォをその盟友にするために、スプーディ塊を装備させた。しばらくのあいだサーフォは兄弟団の奴隷となり、それからセネカの被造物にされたが、いまは自由だ」

わたしはいったいなにをいっているのだ？　と、ファドンは自問する。マラガンは相いかわらず奴隷ではないのか……スプーディの？

「やがて、賢人はセネカを味方につけることに成功した」と、かれはつづける。「わたしが思うに、賢人はサーフォ・マラガンを助けようと試みるだろう」

ググメルラートはほとんど聞いていないようだ。反重力担架のそばにぴったりと立っているかれは、担架よりちょうど頭ひとつぶんだけ高い。

「わたしはきみの口からじかに聞きたい」と、もとめる。「このスプーディ集合体との関連で、きみの感情に関することを」

マラガンの目が赤々と輝いたように思えた。

「感情？」と、弱々しくくりかえす。「それに関しては、ずっとぼんやりしていた。基本的には押しつけられた感情だったから。しかし、いまは自由だと思う」

賢人の特殊部隊のプロドハイマー＝フェンケンは、ベッチデ人の頭上に輝くスプーディ球をさししめし、

「それをどのように役だてるのか？」と、たずねる。

この問いがファドンの心を妙に動かした。サーフォ・マラガンに対するググメルラートの関心は思いがけないものではない。賢人の従者たちは、マラガンを見ると、同じように過度に拒否的に反応した。このことは、マラガンがつながれている多数のスプーディのせいだけではありえない。クランドホルの賢人と関係があることは疑いない。そのことを、筋骨たくましいベッチデ人はいまや確信した。

だが、いかなる関係だろう？

「どのように役だてるのか、わたしにはわからない」と、マラガンが答えたので、ファドンの思考は中断された。

水色毛皮はマラガンのそばからはなれないで、

「それを使う必要のある極端な状況にさらされているわけではないと、どうすればきみにわかるのか」と、いう。

ファドンのなかで、警鐘が鳴る。マラガンとスプーディ塊の関係に関してなにかを見つけだすために、ググメルラートが実験しているかのように聞こえたのだ。マラガンのさらなる負担になるようなことは、なんとしても阻もうと、ファドンは決心していた。

ググメルラートは頭をあげ、水宮殿の本来の中心がある方向を凝視する。かれの次の言葉は賢人に向けられていた。

「この男に会いたいと、まだ確信していますか？」

「思っている」壁から賢人の声が聞こえてくる。

「しかし、かれは……かれは……」

「かれがどのような状態か、わたしは知っている」と、賢人。「わたしにとってなんら危険はない。きみたちがひきおこしている遅延は、わたしを害するだけだ」

ググメルラートは決心がつかないようだった。プロドハイマー＝フェンケンが内心、決断に苦しんでいるのを、ファドンははっきりと見てとった。

「マラガンがなんだというのだ？」賢人はググメルラートにたずねる。「なぜ、かれがきみたちをそれほどいらだたせるのか？」

「マラガンではなく」と、ググメルラート。「スプーディです」

「なぜ？」

次の返答がファドンに、ショック兵器のように命中した。

「そのせいでマラガンは賢人にそっくりだからです」

＊

テルトラス周辺の道路や広場には、興奮したクラン人やターツ、プロドハイマー＝フェンケンやクランドホル公国のそのほかの種族のメンバーたちが群がっていた。グループになって、はげしく議論している。危機のこのときに、通常の仕事に専念することなどできないようだ。演説者は、いろいろな場所で、かなり多くの聴衆をまわりに集めることに成功していた。シスカルは、この動きの背後には兄弟団がいると推測する。防衛隊長、チリノ、ジェルヴァ、重傷を負ったエイルドクは、クランドホルの公爵たちの宮殿上空を旋回する大型グライダーのなかだ。最高裁判長のスタッフである一クラン人が操縦をこなしている。

エイルドクは無表情な視線をたえず下に向け、ときどき、右手にあるマイクロフォン・リングを介して二、三の命令を伝える。この指示は防衛隊の各部局に向けられていた。かれらはある程度テルトラス周辺の秩序を維持し、グライダーのための着陸場を確保することになっている。

ここへの飛行中にチリノが見た光景は、気分を楽観的にするものではなかった。町のいたるところで、兄弟団が完全に狙いを定めて煽動した騒ぎが起きている。

シスカルは水宮殿と通信コンタクトをとろうと、数度、試みたが、賢人はひきつづき沈黙を守っていた。

グライダーのななめ下方を、装甲搬送車輛が数両、テルトラスへと通じる並木道を走っている。防衛隊員たちの青い制服が、低い位置にある恒星光のなかで挑発的に輝く。かれらは跳びだしてきて、分散した。パラライザーで武装している。

利口なエイルドクは、クラン人の隊員だけをここに送りこんでいた。

テルトラスの反対側で、突然、数回はげしい爆発が起き、白い煙の柱が天に向かって昇る。

「いまのは計画に組みこまれていなかったぞ、エイルドク！」シスカルが叫び、シートにすわったまま、巨大なターツのほうを向く。

「ただの陽動作戦です」と、かれが断言する。「ひとりの負傷者もいないでしょう」

たっぷり血の染みこんだ胸の包帯が明らかにじゃまだったらしく、はげしくひきはがし、無造作に投げ捨てる。

宇宙の光にかけて！　と、チリノは考える。このような若者をけっして敵に持ちたくない！

エイルドクの戦略が最終的にどう展開されるとしても……成功するだろう。

群衆が動きだし、ピラミッドのほかの側へ向かおうとする。防衛隊員たちは、輸送機で宮殿入口のすぐ前に方陣を形成し、その中心にクランの高位市民を乗せたグライダーが着陸できるようにした。電光石火でつくられたこの陣地のまわりを、数百人の防衛隊員がパトロールする。

「よし！」エイルドクはそれだけいう。

マシンが降下。いよいよ公爵たちの宮殿に到着するのだ。しかし、問題がようやくはじまったばかりなのをチリノは知っている。おそらく、宮殿の多くのメンバーがテルトラスに滞在していて、どのように反応するかは、予言できない。

グライダーが着陸する。

だれかが宮殿の方角から、陣地をつくった場所に向かってきた。チリノが驚いたことに、警備員たちはその女クラン人を通した。

「彼女を知っている」シスカルはグライダーから降り、深く息を吸いこむ。「カルヌウム公爵の腹心ウェイクサだ」

女はたてがみをなびかせながら突進してくる。その視線は、だれかを探しているかのように、さまよっていた。

「ここに公爵はいない」と、シスカルはいい、ウェイクサを抱きしめる。

ウェイクサはすすり泣きをはじめた。

「なぜあのかたは、わたしが同行することを認めなかったのでしょうか？」

「かれなりの理由があるはず」シスカルは答え、彼女の頭をなでる。「テルトラスの内部で指揮をひきうけたのはだれだ？」

「わたしをここへ連れてきたのはアルツィリアです」ウェイクサは徐々におちつきをとりもどし、「彼女がムサンハアルとともに実権をにぎっていると思います」

シスカルはほかの者たちのほうを向き、

「つまり、グーの腹心たちだ」と、満足げに確認する。「かれらなら、われわれと理性的に協力できるだろう」

「あのかたから一度も知らせをうけていないのですか？」と、ウェイクサがきく。

「一度も」老クラン人女性が答え、ウェイクサの顔のなかに絶望を見たのち、同情するようにつけくわえる。「われわれが知っているのは、かれが生きていて、元気だということだけだ」

＊

「そっくりとは、どこが？」と、ファドンが興奮してきく。

ググメルラートはためらう。水宮殿のなかで勤務するすべての者同様に、かれには守秘義務が課せられていた。ついに、かぶりを振り、

「すでにしゃべりすぎた」と、いう。「きみたちがどれほど真実を知ることが許されるのかは、賢人が決める」

「では、われわれ、先に進んでもいいということだな？」カルヌウムが緊張してきく。

「全員……サーフォ・マラガン以外は」と、プロドハイマー＝フェンケン。「かれはさしあたり、われわれのところにとどまらなければなりません。かれを徹底的に調べ、その後、賢人への面会を許すかどうか、われわれが決めます」

ファドンはかれをねめつけ、

「われわれ全員で行くか……さもなければ、だれも行かないかだ」

「では、待てばいい」プロドハイマー＝フェンケンが冷ややかに答える。

ふたたび賢人が介入した。機械的な声が、今回は心配そうに響く。

「ググメルラート、きみは全体的状況を見ていない。クランのいたるところで、兄弟団のメンバーたちが反賢人の雰囲気を煽《あお》っている。なにもしなければ、水宮殿への突撃を招くだろう」

「そんなこと、われわれは恐れていません」と、ググメルラートが答える。「あなたは賢人であり、われわれがいかにうまくそのようなケースに準備しているか、いちばんご存じのはず」

「だが、内戦だぞ。ぞっとするような無意味な流血！」と、見えない賢人の声が叫ぶ。

「さらには、星間帝国全体にひろがるぞ」

「両公爵とこのベッチデ人たちが、その点でなにを変えることができるというのでしょうか？」ググメルラートが詰問する。

「かれらはわたしの計画のなかで特別な役割を演じる。が、それについてはまだいえない。まずはグー、カルヌウム、ベッチデ人三人と話しあわなければならない」

カルヌウムはググメルラートに歩みより、怒りに震える声で、

「よく聞くんだ、プロドハイマー＝フェンケン。わたしは、外でなにがおこなわれ、い

かに時間が切迫しているか知っている。これ以上われわれを阻止することは許されない」

ググメルラートはようやく決心し、

「先に進ませましょう」と、いう。「ですが、わたしと特殊部隊のほかのメンバー数名がついていきます。賢人に危険があるとみなせば、いつでも介入できるように」

だれもこの条件に異議を唱える者はいないし、賢人もなにもいわなかった。

ブレザー・ファドンは安堵のため息をついた。目前になにがあるのかも、このピラミッドの外にもどりたいと切望することになるのかどうかも、わからなかったが。

賢人の従者コヌクが小グループの先頭に立つが、今回は、以前よりさらに気が進まないように、ファドンには思われた。ググメルラートは小型通話装置で、さらに数人の特殊部隊メンバーを呼び、かれらがベッチデ人と両公爵にくわわる。

ずっと主人のすぐ上を浮遊していたグーのロボットが、ふたたびすこしわきにより、リラックスしているように見えた。ひょっとしたら、いい兆候かもしれないと、ファドンは思う。グーの頰は赤かったが、顔は満足そうだ。マラガンの外観も希望をあたえてくれるようだといいのだが、すくなくとも目下のところそれは不可能だ。かつての狩人の呼吸は不規則で、目はおちつきがない。肉体的状態の悪さとならんで、ひどい精神的な緊張にも苦しんでいるように見える。

〝そのせいでマラガンは賢人にそっくりだからです〟というググメルラートの言葉を、ファドンは心のなかでくりかえす。

これが意味するのは、賢人はスプーディとなにかかかわりがあるということ。賢人がひょっとしたらなんでありうるか、ある予感がファドンのなかに生じたが、その考えをそれ以上進めることはできなかった。コヌクが一行をべつの部屋に導き、そこの設備がファドンの全注意力を要求したから。

部屋の中心に泉があり、三つの水源から水が部屋に噴きあげられている。水はその頂点で青白いしぶきのヴェールになり、空中にしっかりと立っているように見えるが、実際には泉の円形のくぼみに落ち、たえず新しくなっていた。壁には、ファドンにはまったく未知のモチーフの巨大な絵がかかっている。ソラナーやベッチデ人のように見える生物も描かれていたが、かれらはファドンには不可解な活動に従事している。ファドンは問いかけるようにスカウティを見るが、彼女は困りきったように肩をすくめるだけだった。

「以前は」と、コヌクがコメントし、はじめて打ち解ける兆候を見せた。「賢人はしばしば、この郷愁をそそる部屋にきていたとか」

郷愁をそそる部屋！　なんとも奇妙な表現だと、ファドンは妙に心動かされる。

「どうしていまは、もうこなくなったのかしら？」と、スカウティがたずねる。

コヌクはすぐにまた無愛想になり、

「そうできないからだ」と、とりつく島もなく答える。

ファドンは泉の上方、しぶきのヴェールの上に虹をつくりだしている光源を見つけようとして、驚くべき発見をした。

この部屋には天井がない！

正方形の断面の吹きぬけが水宮殿の先端にまで通じている。ファドンは壁に近づく。そこからは三つの噴水にじゃまされず上方を見ることができた。クランの空の一片が、望遠レンズを通したように見える。まるで手がとどくほどに近く、同時に無限に遠い。ちいさな黒い点が濃いブルーの夕空の上方へと動いている。ファドンはそれがクランの搭載艇のシルエットであると知っているが、一瞬、一羽の鳥がキルクールの空に浮かんでいるという、夢のような幻想をいだいた。なにかが堂々と自由に滑空するのを見ていると、おのれの制約された状況が明らかに痛々しいものに思われ、寂しい感情が生まれた。

ファドンは、以前この郷愁をそそる部屋にきたという賢人を思い描こうと試みる。いま自分がまさに体験している感覚から、なにかを吸収するために。

その者は非常に孤独な生命形態であったにちがいない……と、ファドンは同情して考えた。

「ほら！」と、だれかが小声でいい、かれをやさしくわきへ押す。「先へ進んだわよ。あなたはサーフォの担架を押さないと」

ファドンは混乱してまばたきする。数秒間、現実から遠ざかっていたのだ。隣りに立つスカウティに向かって元気づけるように笑いかけると、担架を押すべく自分の場所にもどる。突然、マラガンが視線を上に向けることができればいいのにと思う。

コヌクに導かれ、かれらは機器とスクリーンでいっぱいのホールに到着する。ここでも賢人の従者たちが作業していたが、はいってきた者にほとんど注意をはらわない。かれらが作業を中断するのは、マラガンを見るときだけだ。

サーフォ、いつもいつもサーフォだ！　と、ファドンの脳裏に浮かぶ。友にだけ特別なオーラをあたえているものはなんなのか？

その答えを知っている！　スプーディだ……そして、それらが、マラガンが賢人に似ている理由だ。

だが、どう似ているのか？

「ここより先には、ツァペルロウもグーもわたしも行ったことがない」と、カルヌウムの声が静寂を破る。

ツァペルロウの名前をいうとき、カルヌウムの表情が曇った。

グーは上体をまっすぐに起こし、

「今回はすべてが違っている」と、ほとんど幸福感に満たされたようにいう。「今回は、われわれ、賢人に会えるだろう」

ファドンは思った。数分後には、自分たちは水宮殿の中心にはいる。聞いたことすべてによれば……そこに賢人がいるのだ。

好奇心がしだいに、ほとんど説明できない恐れに変わるのを、ファドンは感じた。

＊

全廷臣が混乱しているように思われるとしても、グー、ツァペルロウ、カルヌウムそれぞれのグループのあいだには、態度に驚くべき相違がある。とりわけグー公爵の廷臣たちは、明らかに自主的に行動し決定することを学んでいた。とはいえ、かれらも、自分たちの公爵とのつながりを失ったことで悲嘆にくれていたが。ツァペルロウの廷臣たちは大部分がすでにテルトラスから姿を消し、のこる少数は、宮殿の大きな玄関ホールで、こまごました持ち物をまとめた荷物の上にしゃがみ、あたかも助けを期待するかのように、シスカルやチリノやジェルヴァをじっと見つめていた。カルヌウムの廷臣たちは、少数の例外をのぞいて、戦闘的で興奮しているような印象をあたえた。数ヵ所の壁に書きなぐられた兄弟団のスローガンは、明らかにかれらがやったものだ。

「ツァペルロウ公爵とカルヌウム公爵の部下の面倒をみるのはあなたの仕事だ」と、シスカルは最高裁判長のほうを向く。

ジェルヴァは唾をのみこみ、不満そうな目つきで、

「でも、かれらになにをいえばいいのでしょう?」

「なにか元気づけるようなことを」と、老クラン女性がアドヴァイスする。「それから、職にとどまるべきだと。まもなく、クランの秩序は回復するだろう。グー公爵の廷臣たちはチリノとわたしといっしょに中央コミュニケーション室に行く」彼女は声をはりあげ、玄関ホールにいる者すべてに聞こえるよう大声でいった。「われわれ、公爵たちのメッセージをひろめなければならない」

彼女は、コミュニケーション室のある西棟へと向きを変える。チリノと、そのうしろでよろめきながら移動するエイルドクがしたがう。ジェルヴァはあとにのこり、新しい仕事に従事した。

長い通廊のひとつで、未成年の一クラン人が歩みよってくる。少年は、兄弟団のシンボルである、ぴったりくっついて立つクラン人ふたりが描かれた旗を振りながら、

「賢人を打倒せよ!」

前方にいる者たちを見て、少年はぎょっとした顔をし、側廊へ姿を消した。

「こんなところにまで!」シスカルが憤慨して叫ぶ。

かれらがコミュニケーション室に到着したとき、そこにはすでにグーの幹部メンバー

数人が集まっていた。シスカルは、ジュルトゥス＝メ、ムサンハアル、アルツィリア、ハルマ、ズペッツィオを認識した。

こうした、かたくななところはあるが思慮深い印象のクラン市民を見るのは、老クラン女性にとって気持ちのいいことだった。

グーはあらゆる点で賢明で、先見の明のある男だと、感嘆しながら考える。かれが生きのびてくれればいいのだが！　シスカルはそう熱望する。

「重要なことがふたつある」彼女は集まった者のほうを向き、単刀直入にいう。「われわれ、クラン市民たちに、兄弟団とはいっさいかかわりのない統治能力のある政府が存在することと、公爵たちが生きていることをはっきりわからせなければならない。第二に、ヘスケントの施設をわれわれのために役だてるよう試みなければならない」

彼女はゆっくりとからだの向きを変え、いぶかしげな視線を確認すると、軽く皮肉をこめていう。

「ま、それが児戯に等しいとは、すくなくともだれも思わないだろうが」

テルトラスとヘスケントとはずっとつながっているのに、現時点でだれもそれを役だてていないように思われる。シスカルは、ヘスケントにおいてコンピュータ施設を担当する権限のある技術者や科学者と話したいと思った。すこし歩きまわって、スクリーンの向こうに若い一クラン人を見つけた。非常に神経質な印象だ。

「職務は？」シスカルはどなりつけるようにいう。「ヘスケント施設の主要責任者ではないな！　ディルス、ファルンガト、ツェイダーログはどこだ？」

「わたしはジュルスといいます」と、クラン人は答える。「ほかの者は降伏し、本館を明けわたしました」

「降伏した？」シスカルが叫ぶ。「だれに？」

「兄弟団がヘスケント施設のひきつぎをはじめています」

シスカルはシートにもたれかかる。彼女を絶え間なく観察していたチリノは、とうとうこの老女が倒れるときがきたと思った。

だが、シスカルはおちつきはらっていう。

「クリトルと話したい。建築部門のチーフがそこに滞在していることは知っている。かれを連れてくるのだ」

ジュルスはうなずく。会話がこのようなかたちで終わったことを明らかによろこんでいた。

「クリトルはわれわれを裏切った」と、防衛隊長。「あの男は兄弟団と結託している。犯罪的組織がヘスケントの施設にはいりこめたのは、かれのせいだと思う」

「かれにはたぶんほかの選択肢がなかったのだ」ムサンハアルが建築士を弁護しようとする。「流血の惨事を避けようと、兄弟団のためにヘスケントを開けたのでは」

「いずれにせよ、いまや、施設をわれわれの目的のために使うことはできない」と、シスカルが陰鬱にいう。「おそらく賢人もヘスケントとのつながりを失うだろう」

「これからどうします？」アルツィリアがため息をつく。

「すべての公共チャンネルを声明のために開放してもらいたい」と、シスカルは強力にもとめる。「グー公爵とカルヌウム公爵の声明のために」

＊

賢人の間……コヌクは賢人がいる部屋をそう呼んでいる……のまわりには六つの均等に分配された幅のひろい環状通廊があり、そこを通って足を踏みいれることができる。この通廊には、賢人の保護に役だつエネルギー防壁がかくされている。ベッチデ人、クラン人、賢人の従者のグループが通廊のひとつからきたとき、スイッチがはいった。

コヌクは、ほかの者たちにとまるよう手をあげて合図する。

ブレザー・ファドンは内なる不安が高まるのを感じた。できるものなら、即座にひきかえしただろう。エネルギー防壁はむらさき色に輝いている。

「わたしがコードを発信し、チェックがすめば、賢人が防壁に構造通廊を開く」と、コヌクはいう。「その奥に、じかに賢人の間に通じる扉がある。扉には特別なしかけがあり、それを通過した者には、賢人に対してよからぬくわだてができなくなる封印があたえられる。この封印は、ふたたび防壁のこちら側にきたとたん、解ける。わたしがこれを伝えるのは、いらぬいらだちを避けるためだ」

「スカウティ」ファドンは反重力担架のそばに立つ女にささやく。「わたしはこの状況がますます気にいらなくなってきた」

スカウティはファドンを大きな目で見つめる。ファドンは、彼女に歩みよって抱きしめたりしないよう、自制しなければならなかった。いまこんな感情にとらえられるのは奇妙だった。この数時間、ほとんど彼女への焦《こ》がれを感じていなかったのだから。

ふたりのあいだに一瞬、ファドンがこれまで経験したことのない暗黙の了解が生じた。

「まさか、ひきかえしたいわけではないでしょうね？」と、彼女がたずねる。

かれは、ひどくおろかで大仰《おおぎょう》に思われる言葉で答えた。

「わたしはきみのそばにとどまるつもりだ！」

自分の言葉に狼狽《ろうばい》して立ちすくみ、あざけりの返答を待った。

おまえは大ばか者だ、ファドン！　と、みずからを内心ののしる。

スカウティはかれを不思議そうに見つめるだけで、なにもいわなかった。

気がつくと、コヌクがちいさな器具をとりだしていた。それを見てファドンは、《ソル》の船内で使われているような携帯通信機を思いおこす。ファドンは一度きりのチャンスを逃したという感情とともに、若い女から目をそらし、器具を防壁に向けている長身の賢人の従者を観察した。

突然、賢人の声がする。しかし、それはクランドホル語ではなく、《ソル》の技術者や採取チームが使う言語だった。きわめて奇異な感じがするものの、ベッチデ人の言葉でもある。

「空間のなかの孤独！」と、賢人が叫ぶ。

「時間のなかの孤独！」と、コヌクが答える。

「夢はただひとつ！」と、賢人がつづける。

「地球ははるか」と、コヌクが奇妙な対話を終える。

これがコヌクがいっていたコードの一部であるとすれば、かなり風変わりだとファドンは思いながら、これからなにが起こるのだろうかと緊張して待った。

エネルギー防壁に暗紅色のアーチが生じる。その向こうに、扉のある鋼製の壁を見ることができた。

「これで」と、コヌクがいう。「われわれ、先に進むことができる」

賢人の従者のおちつきぶりから、ファドンは、内側の部屋への訪問がコヌクにとってめずらしいことではないのだと認識する。それに反して、両公爵はベッチデ人と同じように興奮していた。

いつの間にか、ググメルラートと特殊部隊のほかのメンバーも通廊からやってくる。

コヌクが最初にアーチを通過した。次に両公爵とさらなる賢人の従者ふたり、そのあとにベッチデ人たちがつづき、ググメルラートとその同行者たちが最後を行く。

ファドンは興奮で口が渇いていた。扉が上にあがるが、暗い部屋が見えただけだ。コヌクがなかにはいっていく。まるで虚無に消えたかのように。しかし、かれの声が暗闇からはっきりと聞こえてきた。

「わたしにつづくのだ！」

ファドンはマラガンが横たわる担架を押して部屋にはいる。スカウティはサイドのフレームをつかんでいた。完全な暗闇なので、ファドンは無意識に立ちどまる。かすかな空気の流れを感じ、なにかがうなじに触れた。とっさに空をつかむ。なにかがさっとかすめはしたが、それだけだった。コヌクが封印についていったことを思いだし、そっと頸に触る。指が結節状の硬くなった個所を滑るが、それが前からあったものなのか、いま生じたものなのか、しかとはわからない。

部屋はかなり大きいにちがいない。全員が居場所を見つけたのは明らかだから。カルヌウム公爵はすぐ横に立っているようだ。ファドンはそれを、カルヌウムのコーティングされた衣服に特徴的なかさかさという音から推測した。

部屋の内扉が開き、まぶしい光がブレザー・ファドンやほかの者たちに降りそそぐ。ベッチデ人はまっすぐ賢人の間のなかを見つめた。

かつて、だれかが……ドク・ミングか？……ブレザー・ファドンに対して所見を述べた。謎の答えは、その謎が大きく思われていたほど、満足のいかないものであると。ブレザー・ファドンはクランドホルの賢人を見たとき、そのことを無意識に思った。ある種の失望感を持って、賢人のアイデンティティに関する自分の疑念が正しかったことを、ここにきていま確認した。

もちろん、賢人の姿は感動的だし、堂々としている。しかし、実際に勢いと輝きがあるものの、神秘的な、秘密に満ちた感じは失われた。

賢人は部屋……実際にはドーム状の巨大ホール……の中心を完全に占めている。部屋を満たす光の氾濫《はんらん》のなかで、賢人は浮かびあがり、強力な輝きによって周囲を魅了していた。

＊

賢人は床、天井、壁のどこにも触れていない。反重力クッションの上にいるのではないかと、ファドンは推測する。

だれもなにもいわない。賢人の従者たちや、同行者をともなったググメルラートにとって、この光景は異常なことではないのだ。わきに立ち、公爵あるいはベッチデ人が反応するのを待っている。

高位のクラン人ふたりのほうが、スカウティやサーフォや自分よりもはるかに驚いているのを、ファドンは見た。それは、賢人とかれらの特別な関係のせいかもしれない。ひょっとしたら、二百年来、自分たちの文明を導き助言してきたのが、巨大なスプーディ群であったことにショックをうけたのかもしれない。なぜなら、クランドホルの賢人は、数百万のスプーディからなる巨大な輝く球体以外の何物でもなかったから。

＊

ようやく建築部門のチーフが応答してきたとき、シスカルはほかの者たちとともに、計画された声明発表の準備をほとんど終えていた。シスカルが装置の前に腰をおろしたとき、スクリーン上のクリトルは疲れはて、いらいらしているようだった。

「こうじゃまされるのでは、わたしはけっしてことをなしとげられません」と、声高《こわだか》にののしる。「ヘスケントのコンピュータに従事する協力者の多くが持ち場をはなれたため、すべてが非常にむずかしくなっているのです」

シスカルはかれをとてもひどい軽蔑の目で見つめたので、当事者でないチリノでさえ、その視線にぎくりとした。

「わたしのいうことを信じていないので?」と、クリトルがかっとなる。老クラン人女性がまだひと言もいわないうちに。

「ヘスケントを兄弟団に高く売りつけたのだな」シスカルは刺すような辛辣《しんらつ》さでいう。

一語一語が、クリトルに対するあてこすりとなった。

「それ以外、ほかにしようがあったとでも?」と、クリトルはほとんど聞きとれない声でいう。

「もちろんだ!」と、シスカルが叫ぶ。「ヘスケントをわれわれのために守ることができただろう。それが任務だったはず。ヘスケントを守り、賢人から切りはなすべきだったのだ」

チリノは最初、クリトルがすべてを否定するだろうと考えた。しかし、建築士はそうする内なるエネルギーをもはや持っていなかった。肩は落ち、からだ全体がぐったりしているようだ。うなだれ、すっかり打ちひしがれている。

「兄弟団は、ヘスケントを賢人の出先機関だと見ていますから」クリトルはかすかに身を守ろうと試み、「施設に力ずくで進撃した可能性もあったのですよ」

「断言するが」と、シスカルはあざけるようにいう。「あなたはとっくにメンバーになっていたのだ。建築部門のチーフは……兄弟団だったということ」

クリトルはすこしからだを起こし、上着の胸の部分をととのえると、なにもいわず、兄弟団のシンボル……結合双生児のようにつながったクラン人ふたり……をあらわすエンブレムをつけた。

「そうとも！」クリトルは反抗的にどなる。「わたしはこの組織に加入した。今後は、もうあなたに服従する必要はない」

「それはまだわからないぞ」と、シスカルはいう。

9

「クランドホルの公爵たち」と、賢人がいう。「もっと近くに！　ベッチデ人たちも同様に」

　なにかに強制されたように、ブレザー・ファドンは動きだす。突然、奇妙な予感にとらわれた……真実の全体がわかっていないのではないかという疑念に。

　反重力担架を前に押し、両公爵との隙間をつめるあいだ、かれの視線はスプーディからなる超次元性の塊りに釘づけになった。エネルギー・カバーの下でちいさな生物がごそごそ這っているのが見えるように思う。その光景は、かれのなかにある種の嫌悪感を呼びおこした。

　こんなことがどうして可能なのだろうか？　と、ファドンは自問する。どうしてこれらのスプーディは、ひと塊りになって集合知性体を形成し、賢人としてふるまえるのだろうか？

　かれは、スプーディの奇妙な一体化衝動について知っていることすべてを思いかえす。

ぞっとするようなスプーディ病をひきおこす衝動について。

このような塊りの形成は、共生体の本来の目的……その生存における進化の遂行なのか？

ファドンは思わず身震いする。この集合体により近づいてみると、スプーディがエネルギー・カバーの下で人工的に養われていることがわかった。あらゆる方向からのびる細いチューブが、集合体の内部につながっている。

これほどの数のスプーディの飢えを満たすことができるのは、いかなる主人か？

賢人がクランドホルの星間帝国にスプーディをひろめるために尽力したのも、不思議ではない。いまや、賢人が〝みずからのやり方で〟拡大につとめていたことが、このようなかたちで明らかになった。

ここで、とほうもない規模の陰謀がはっきりしたのではないか？

ヴェイクオスト銀河の征服者にして開拓者は、クラン人やかれらと同盟を結んだ諸種族ではなく……秘密に満ちた司令本部で制御される、ちいさな昆虫に似た構造物だった。

なにが真実なのか？　と、ファドンは自問した。

これが真実であるならば、信じられないほど非人間的だし、兄弟団の革命的な考えやスローガンのほうが正しいといえる。

ファドンは目を伏せ……そのとき、見た。

ほんとうの真実を！

スプーディ群のぎらぎらする光のなかでほとんど見えなかったが、腕の太さほどのチューブがホールの床に向かってのびている。その先には窪地のようにへこんだ場所があった。

ファドンの心臓は高鳴り、呼吸がつかえた。

サーフォ・マラガンに目をやり、たちまち理解した。なぜかつての狩人に対し、賢人をすでに見たことのある者が全員、あのように不可解な反応をしめしたのかを。

なぜなら、スプーディ群は賢人そのものではなく……せいぜい賢人の一部だからだ。

本来の賢人は、床の窪地のなかのたいらな台座に横たわっていた。眠っているように見える裸の男で、ベッチデ人あるいはソラナーのような外観をしている。しかし、明らかに両者のどちらでもない。

それだけではない……ファドンはこの男を知っていた！

この男を見たことがあった。惑星クラン人トラップで、《ソルセル＝2》の難破船のなかのスクリーンで。

ファドンの内部でとてつもなくはりつめた気持ちが、たったひとつの叫びとなった。

「アトラン！」

M－19からの危機

H・G・エーヴェルス

登場人物

ペリー・ローダン……………………………宇宙ハンザ代表
レジナルド・ブル（ブリー）………………ローダンの代行
ジュリアン・ティフラー…………………自由テラナー連盟（ＬＦＴ）首席テラナー
ガルブレイス・デイトン…………………感情エンジニア
グッキー……………………………………ネズミ＝ビーバー
アンディヤ・クロトル……………………天文学者
キリ・マニカ………………………………ＬＦＴの遺伝子外科医
グリゴル・ウムバルジャン………………重力学者
ライシャ・テュレク………………………《ブルートニ四》船長
カーツ・トロルーン………………………アラス

1

新銀河暦四二五年一月十六日午後、アンディャ・クロトルがピドゥルタラーガラ山腹のエア・リフト駅を出て、人造台地に足を踏みだしたとき、セイロン島中央高地上空には明るい青空がひろがっていた。

クロトルの暗青色の髪がそよ風にたわむれる。暖かいが、暑くはない。この地方では、摂氏二十三度以上になることはめったになかった。

大型浮遊バスが着陸すると、開いたドアから、風とおしがよく軽《かろ》やかな色とりどりの服装をした大勢の観光客がすぐに出てきて、エア・リフト駅入口に急ぐ。クロトルはそれをじっと見つめていた。比類なきパノラマビューを持つピドゥルタラーガラの二千五百二十四メートルの頂きは、何千年も前から観光客の憧れの地である。頂上の大レストランや、堂々たるタキオンフィールド望遠鏡のある、三十七年前に完成したばかりのバンダラナイケ天文台見学が人気だ。

クロトルの視線は、台地の向こうに見える緑の丘へとうつり、ぽつんとした人影でとまる。その女は台地の縁近くに立ち、さまざまな色あいを見せる茶畑でおおわれたおだやかな丘のつらなり、山々や谷を、混色スプレー・ピストルを使って合成カンバスにとらえていた。

クロトルの顔に笑みが浮かぶ。彼女はキリ・マニカといい、趣味で絵を描いている。ふだんは、テラニア・シティにある遺伝子手術を専門におこなうLFTの研究所で働く遺伝子外科医だ。

クロトルは軽快な足どりで、こちらに背を向けて絵に没頭している女に近づいていく。彼女は足音に気づいていない。男は背後から両手をキリの目の前にかざした。

キリは身をこわばらせ、それから、

「アンディヤなの？」と、ささやく。

かれはほほえみながら手をおろし、彼女をゆっくり自分に向かせる。ふたりは腕をまわして抱きあってキスをした。

抱きあっている腕をはなすと、クロトルはほとんど完成しかかっている絵を見て、すばらしいというようにうなずく。

「すごくいいよ、キリ！　ファン・ドラーケンだってかなわない。きみ、どうして科学者から画家に転向しないの？」

「遺伝子手術は芸術よ」彼女はむっとしたように、「あなたのエモシオ・コミュニケーションと同じこと。どうしてあなたは天文学者なんておもしろみのない仕事をやめて、植物の世話に専念しないのかしら？」

アンディヤ・クロトルは苦々しげに笑い、

「わたしはそうすべきかもしれないよ、キリ」と、やりきれなさのこもった声でいった。「夜に発見し、自分にちなんで名前をつけたアステロイドを、翌朝にはもう見つけることができなかったのだから」

「なんのこと？」キリは驚く。「その話、聞いてないけど！」

「きみはタフンに三週間いたからね」と、アンディヤ。

彼女はうなずく。

「あそこではたくさん学んだわ、アンディヤ。GAVÖKに属する主要な全惑星の遺伝子外科医たちが一堂に会して、異種遺伝学の最新の知見に関して話しあいをしたの。で、あなたのアステロイドはどうなったの？」

クロトルは顔をゆがめる。

「二週間半前の夜、タキオンフィールド望遠鏡のスクリーンで、直径およそ七十メートルの迷子アステロイドを見つけてね。それは球状星団M－19の方角から、太陽系に近づいていた。画像、位置、ベクトルの全データをコンピュータに保存して、わたしの名前をつけたんだ。

しかし、そのときテラニアは深夜だったので、すぐには天文中央研究所に発見を申請できなかった。で、翌朝に延ばすことにし、朝早いうちに天文台に行ったんだ。申請する前にもう一度、クロトルという名のアステロイドを見ておこうと思ってね。けど、アステロイドは消えていた。当該宇宙セクターをくまなく探したけど、なにも見つからなかった」

「でも、それはないでしょう」と、キリ。

「そもそも、そんなことあるわけない」アンディヤは彼女に同意する。「だけど、そうなんだ。発見をすぐに天文中央研究所に報告せず、タキオンフィールド望遠鏡でもう一度確認したことだけが、せめてものなぐさめだよ。すくなくとも、恥をさらさずにすんだ」

キリは婚約者の頬をなぐさめるようになで、

「気の毒なことだわ、アンディヤ。発見者リストにあなたの名前が載る直前だったんですもんね……それが失望に変わるなんて」

クロトルは肩をすくめた。

「自分の名前を永遠にとどめるかどうかは、そんなに重要じゃない。自分がまちがいをおかしたんじゃないのかと思うと、憂鬱なだけで。しかし、もう気にするのはよそう！」そういうと、アームバンド・クロノグラフで現地時間表示を見て、「もう十六時二十分だ。家に帰らなくては。十六時半にサブリナと対面することになっていてね。いっしょにくるかい、キリ？」

「あとから行くわ」と、マニカ。「もうすこし描きたいから。光のぐあいがいまちょうどいいの。一時間もしたら行くわ」

「わかったよ」

アンディヤは、婚約者にキスをしてからグライダーの駐機場へ行く。天文台に行く前には、専用の小型グライダーをいつもそこにとめておくのだ。

かれがオボナ＝三〇〇〇のもとについたとき、ブルー族の観光客が十五人ほどエア・リフト駅から出てきたところだった。銀河イーストサイドの知性体は通商団で派遣されてきたにちがいなく、仕事でテラに滞在するあいだに、観光ツアーを楽しんでいるのだ。このような遠距離宇宙旅行は、個人ではなかなか手のとどくものではないから。

アンディヤ・クロトルは、自分はすくなくとも遠距離宇宙旅行はしなくてもいいなと思った。休日に島の自然保護区を好きに歩きまわって、めずらしい蘭の新種でも手にいれられれば満足だ。自分自身で育てた場合、植物との感情による結びつきは、ことのほか強くなる。

クロトルはもうサブリナのことを考えていた。これは高さ三メートル半にもなるヤツデの木で、テングノハウチワともいう。サブリナとはとりわけ感情コンタクトで結ばれているのだ。

グライダーのコンピュータを作動して、タッチパネル表示の〝帰宅〟に触れ、うしろにもたれかかった。

*

「ついたわよ、アンディヤ」と、キリの声がする。クロトルは考えこんでいたため、思わず助手席を見た。

もちろんキリは隣りにすわっていない。グライダー・コンピュータのヴォコーダーに彼女の声をプログラミングしているので、それが話しかけてきたにすぎない。

ため息をつきながらハーネスの留め金をはずす。そのあいだに、自動的に扉が開き、かれはグライダーから降りた。

グライダーが着陸したのは、バンガローの前の芝生にあるちいさなまるいプラットフォームだ。バンガローは木々や藪に半分かくれている。周囲ではほかのバンガローの白い壁が、木々の色とりどりの花やまだらになった緑のあいだで明るく輝く。ここヌレリアの人口は三千人ばかりで、住人はおおむね茶葉栽培で生計をたてている。

表玄関のセンサーがアンディヤをこの家の主と認識し、かれが近づくと、ドアを開いていいと住居コンピュータに指示を出した。家のなかのドアも、アンディヤが近づけばひとりでに開く。

アンディヤ・クロトルは上着を脱ぐと、タッパーに投げわたした。タッパーは、アンディヤの身のまわりを世話するヒューゴーX＝7型の家事ロボットだ。体高わずかに百二十センチメートル、ボディはまるく、短い可動性の頸の上に四角くてたいらな頭がのっている。視覚セルふたつの下に多目的センサーが、さらにその下にヴォコーダーの発《はっ》話格子《ごうし》がある。二本脚は短く、煉瓦のかたちをした足がついている。内蔵ポジトロニクスは平均的な人間並みの知性を持ち、批判義務つき服従と節度あるサービスがプログラミングされていた。

タッパーは、無言のまま上着をキャッチすると、多目的センサーの前でひらひらと振る。汗のにおいがしないと判断したので、上着はクローゼットに直接かけられることとなった。

クロトルはさらに進んで、すぐに、透明なプラスティック製ドームでおおわれた中庭にはいっていく。しばらくたたずみ、黒い腐葉土からのびている植物をじっと見つめた。そうしていると、植物の発する、好感とよろこびに満ちた興奮の波が感じられるような気がする。植物がほんとうにそう感じているとは確実にわかるわけではないが、クロトルは知っていた。自分と植物をつつみこむ共通のバイオエネルギー・フィールドのおかげで、ここで育てているすべての植物は、かれを知覚することができるのだ。実験により、かれが家に近づくだけで、植物にはそれとわかるということも判明している。

ゆっくりと石畳の小道を通って、中庭の中央から敷設してあるグラスファイバー・ベトン製の板へと歩いていく。そこには回転式の台座があり、その上に、制御コンソールとスクリーンがとりつけられた高性能コンピュータが設置されている。枝分かれしてのびるニューロン・ネットワークの細い線、つまり人工神経繊維が、植物の根群や葉につないである小型センサー・プレートでコンピュータとつながっている。

天文学者はコンピュータのスイッチをいれ、ニューロン・ネットワーク接続を作動させて、背丈三メートル半の常緑灌木《じょうりょくかんぼく》、ヤツデのサブリナを活性化した。すぐにモニター上で色彩パターンが踊りだし、ちいさなスピーカーからさえずり音が聞こえてきた。これらのパターンと音は、サブリナの感情インパルスをコンピュータによって翻訳した結果で……発見者にちなんで〝バクスター効果〟と呼ばれている。

アンディヤ・クロトルは台座を回転させ、スクリーンにヤツデが見えるようにしてから、給水場に行ってバケツをぬるま湯で満たした。柔らかいスポンジをひたし、サブリナのところにもどると、大きなてのひらのかたちをした垂れた葉を拭《ふ》いてやる。スクリーンを見て、色彩パターンが変化したことに気づく。またさえずり音も、大きくなったりちいさくなったりしながら、歌声のように聞こえてくる。

何度も何度もためした結果、パターンと音がなにを意味するか、クロトルにはわかっていた。葉をきれいにしたことで、サブリナが快適と感じ、感謝の気持ちをいだいているのだ。

葉を拭きおわったアンディヤは、コンピュータのところへもどる。かれの考えは堂々めぐりしていた。サブリナと自分の感情交換を細かく分析して、コンピュータに植物の感情表現を言語化させるなんてことが、はたしてできるのだろうか。

植物に人間レベルの知性がないことは、クロトルももちろん承知している。だが、すくなくとも一種の感情知性のようなものがあるのだ。その知性形態は、観念的思考とはまったく異質のものであるが、感情的なレベルで植物をとりまく環境と強く結びついている。

アンディヤはコンピュータの前に立ち、意識を集中させた。いわば自動的に狙いどおりの感情と結びつくような、集中的な思考インパルスによって、サブリナに応答反応を起こさせようとする。

数秒後にはもうサブリナの反応があった。スクリーン上のパターンはますます速く動くようになり、旋回し、歌うような声は大きくなって、ほとんど熱に浮かされているようだ。

アンディヤ・クロトルは困惑してスクリーンを見つめる。自分の思考や感情が、サブリナに感情の嵐をひきおこしたにちがいない。それ以外には、これまでに経験したことのない強い反応の説明がつかない。

「やめるんだ！」とうとう、かれは口ばしった。

サブリナにつないだニューロン・ネットワーク接続を切ると、可能な範囲でヤッデの反応を分析し、スクリーン上に文字化して表示せよと、コンピュータに指示を出した。クロトルがセンサーから指をはなすやいなや、コンピュータが文字を表示する。

〝警告。日光の欠如が危険をもたらします。植物のないエリアを避けてください。傷つく恐れがあります〟

唖然として文面を見つめ、それからヤッデを振りかえって、

「これは、おまえからのものではありえない」と、ささやく。「なんであれ期待はしていたが、こういうことを期待したわけではない」

かぶりを振りながら、クロトルはまたスクリーンを見、すこし考えてからセンサー・ポイントに指をはしらせる。

〝このテキストをどこから持ってきた？〟と、制御スクリーンにクロトルの質問が表示された。

〝本テキストは、サブリナから伝達された感情反応を分析した結果です〟さっきのテキ

ストが消え、この返答が、スクリーン上に表示された。

「ありえない！」クロトルがきっぱりと、「これはわたしの感情に対する反応ではない。これが正しいとしたら、予言ということになる。どこかでミスをおかしたにちがいない」

アンディヤ・クロトルはコンピュータのスイッチを切り、中庭を出てリビングに行った。ソファにすわると、うつろに前方を見つめる。キリ・マニカがはいってきたときも、かれはそのままでいた……

2

ペリー・ローダンはスリマヴォにつづいてグライダーを降り、テラニア宇宙港のこもるような轟音《ごうおん》を聞きながら、考えるともなく考えた。《スターダスト》で月からもどったとき、このあたりがどのようであったかを。

当時、希望と憧れはいやましていたにもかかわらず、このベトン舗装された巨大な敷地にほとんど間断なく宇宙船が発着することになるなど、想像だにできなかった。

だれかがつつき、ささやいてくる。ローダンは思いを頭から振りはらった。

「あのスフィンクスを宇宙船で送りだすなんて、わたしはいまでもまちがっていると考えますぜ、ペリー」

ローダンはレジナルド・ブルを振りかえり、同時にまた歩きだして、

「きみがなにか起きるのではないかと恐れているのはわかる。スリマヴォはどうやら、自分のプシ能力を常時コントロールできているわけではないからな、ブリー。だが、ある程度のリスクはいたしかたないと、わたしは考えているのだ。ヴィールス・インペリ

ウムの一部を再建するさい、スリがキウープの助けになるだろう」

「彼女が助けになると信じこむのは、ロクヴォルトに行きたいという彼女の要求を無条件でうけいれることと同じくらい非合理的ですな」

ペリー・ローダンはこれにはなにも答えない。友が述べたことはすべてそのとおりだとわかっていた。スリマヴォが望むことをなぜそのとおりにさせるのか、完全には説明できないことも。

もちろん、彼女の希望を拒否することもできた。しかし、スリマヴォがこうすると決めたなら、どういう手段を使おうが貫くだろう。だったら、むしろ希望どおりにすることで、すくなくとも彼女をコントロールするほうがいい。ローダンはそれを、直感的にわかっていたのだ。

しかし、そうすることで、ほんとうにコントロール下におけるのだろうかとすっかり自嘲的になって考える。

ローダンはスリマヴォに追いついた。せいぜい十二歳になったかどうかという少女は、振りかえると、にっこり笑った。

地平線上にずっとつづいているように見える宇宙港ビルの、VIPセクション入口前に立つ保安要員に、ペリー・ローダンは合図を送る。ハンザ司令部から派遣された保安要員ふたりは、コードインパルス送信機を使って入口を開けた。その向こうには、明るく照明された長い通廊があり、保安要員ふたりはなかにはいった。

「行こう、スリ!」ローダンは少女をうながす。

スリマヴォはうなずき、ローダンとならんで通廊にはいっていく。彼女に用意された船内作業服はぶかぶかだ。年齢のわりにかなり長身とはいえ、極端に痩《や》せている。それでも、からだがばねでできているかのように、機敏に動く。

ふたりのうしろに、レジナルド・ブル、ジェイコブ・エルマー、マット・ウィリーのパーナツェルがつづく。長身で力強いエルマーは見るからに宙航士という外見だ。いくつもの惑星を訪れていたし、宇宙空間での数かぎりない危険をものともしない。ただ、幅のひろい顔は困惑げで、なぜスリマヴォとロクヴォルトに行くと決めたのか、よくわからないという感じだ。

実際のところ、決めたのはエルマーではなく、スリマヴォだったのだが。彼女の希望でエルマーと、パーナツェルが同行することになった。マット・ウィリーはいま、直立歩行してテラナーの姿を模倣しようと苦労している。

パーナツェルはジェイコブ・エルマーとともに、トレッキング山地の麓《ふもと》にあるショナアルで暮らしていたのだが、ある夜のこと、公園で裸で寝ていた少女スリマヴォを見つけたのだった。マット・ウィリーは生まれ持った親切心で彼女の世話をし、友エルマーにひきとらせたのだ。

保安要員ふたりは、次のドアを開けた。一行は、明るく親しみやすい雰囲気を醸《かも》しだしている部屋にはいる。室内には、コンソール型の応対ロボット五体のほかに、花をつけた植物の鉢まで置いてあった。

ペリー・ローダンは応対ロボット一体に近づき、明るく光る傾斜したパネルに触り、質問した。

「特別飛行V＝KH＝2347の準備はできているか？」

「コグ船《ヴィンリス》はドッキングされています」ロボットが見えないスピーカーから答える。「VIP要員用荷物三個は、船内に搬入ずみです」

「そうだったな」と、ローダン。

スリマヴォ、エルマー、パーナツェルのほうを向いて、

「きみたちの飛行の安全と、キウープとの有益な共同作業を願っている」もっとほかにもいいたいことがあったが、急によけいなことのように思われた。

「望むらくは、われわれのロクヴォルト到着時に、キウープがまた姿をあらわしてくれたらいいのですが」と、ジェイコブ・エルマー。

「そうならなかったら、わたしが自分で探しだす」レジナルド・ブルがどなるようにいう。「かれがわたしの金を浪費しちまったなら、いいかげん姿を見せるはずだ」

ローダンは話半分でしか聞いていない。というのも、スリマヴォの顔に一瞬、奇妙な

渇望の表情があからさまに見えたように思ったからだ。

「またお会いしましょう、ローダン」と、次の瞬間にスリマヴォがいったときには、もうそれを忘れてしまっていたが。

彼女はくるりと向きを変えると、いつの間にか開けられた次のドアに向かって歩きだした。向こうには短い通廊があって、その先に《ヴィンリス》の人員用エアロックがある。エルマーとパーナツェルがちいさなスフィンクスにつづく。マット・ウィリーは、そのために形成した疑似手を振って別れの挨拶をした。

「行きましたぜ」レジナルド・ブルがささやく。「スリにまた会えるんでしょうか、ペリー？　彼女がいった言葉は、われわれが聞いた以上のことを意味してるのでは？」

「メッセージだったたな」ローダンはしずかに答えた。

コグ船のエアロックにはいっていく三名のうしろ姿を見送る。じつのところは、最初に出会ったときから魅了されている少女だけを見ていたのだが。

三名の背後でエアロック・ハッチが閉まってようやく、視線を転じることができた。

「もどろう、ブリー」と、いう。「われわれにはやるべきことがまだまだある」

＊

グライダーがポジション・ライトを点灯させ、中央制御された色とりどりの交通の流れに乗るあいだ、ペリー・ローダンは考えにふけりながら、明るく照らしだされた首都をながめていた。都市はまるで巨大なクモの巣のように、コンパクトな中心部からあらゆる方向にひろがり、目を粗くしながら周囲に拡散している。

テラニア・シティは、たんに自由テラナー連盟の心臓と頭脳というだけではなく、いまではハンザ司令部の所在地として宇宙的な意味あいを獲得していた。

「テラ・インフォにつなぎますぜ、ペリー」と、レジナルド・ブル。

ローダンは心ここにあらずといったようすでうなずいたが、数秒後には耳をそばだてて頭をあげた。

たいていのグライダーに通常搭載されているコンピュータ端末のスクリーンに、若い女レポーターがうつしだされた。彼女の言葉がスピーカーで機内に流れる。

「……植物が人間と感情的に結びついており、予言能力を持つことが、三つの報告から確認されました。感情コミュニケーションにとりくむ民間人が、二件は事故前に、一件は発病前に、近い将来そうなるという警告をうけたとのことです」

「これがテラ・インフォのわけがない」と、ローダン。「テラ・インフォなら、こんなうさんくさいレポートはしない」

「ボタンを押しまちがえました」レジナルド・ブルが認めた。「民間の情報サービスのようです。つなぎなおしましょうか？」

「いや、待ってくれ！」と、ローダンは、「どんなナンセンスをいうのか、しまいまで聞いてみたい。笑えるかもしれん」

「ケニア動物保護区の土地測量技師の報告によると、雄の象が、保護区縮小をしめす境界の杭を移動して、逆に拡大させせました」

「なるほど、象は人間より大きな脳を持っていますからな」ブルはにやりとする。

「このレポートはまちがいなくつくり話だ」と、ローダン。「だが、保護区縮小が事実なら、そうならないようにわたしが手配する。ティフだってきっと、最後の野生動物の保護区縮小に賛成ではない」

「聞いてください、先を！」レジナルド・ブルがいった。

「ロドマーク・クジレク教授によると、雌のチンパンジー、エリーが、外的サポートなしに実験コンピュータを使って風景画を描いたそうです」女性レポーターはつづけた。「クジレク教授は、これを知的成果であるとし、チンパンジーには基本的に、人間同様の学習能力があると説明しています。教授はチンパンジーのための利益保護協会の設立を宣言しました……」

「これはまた！」ブルは思わずいってしまった。

ローダンはかすかに笑っている。

「今回のあらたな知見に関して、アンケ・ルレッツ教授にうかがってみました……」レポーターの話はつづく。「ルレッツ教授はこれを例外とみなしており、それ以上は述べるつもりはないと。これとはべつに、ある研究機関からの報告では、犬が適切な行動によって複雑なテストの答えを導きだし……」

「テラ・インフォに切りかえろ！」ローダンは怒っていう。「明らかにこの情報サービスは、怪しげでセンセーショナルなレポートで視聴者を増やし、さらなるスポンサーを得ようとしている。こんなナンセンス、これ以上は聞いていられない」

レジナルド・ブルが端末制御盤のセンサー・ポイントに触れると、スクリーンの女性が消え、見知らぬ惑星のドーム状建築群の映像になった。

「これは、アンドロメダ星雲の渦状肢にある惑星ナトクランの、新しいハンザ商館です」姿の見えないレポーターが説明している。「宇宙ハンザ、マークス九人評議会、アンドロメダの居住惑星のテフローダー連邦評議会による三者協定で、ナトクランは治外法権区となりました。その結果、宇宙ハンザ、マークス、テフローダーによる円滑な商取引が可能になっています」

映像が一宇宙港に切りかわり、背景にドーム状建築物のシルエットが浮かぶ。カラック船三隻、大型転子《ころ》状船三隻、球型船二隻が着陸している。

「商館オープン四時間で、全商品が競売にかけられました。商館チーフの報告によると、マークスもテフローダーも品が豊富であることをたいへんよろこび、交易の増加に関心をよせているということです。すでに宇宙ハンザの専門家たちは、自分たちが売却した品物の総額と同じだけ、マークスおよびテフローダーの産業における高品質製品を予約しました」

映像がフェードアウトした。かわってあらわれたのは、無数の恒星がある宇宙セクターの映像をコンピュータ技術で遮光したもので……スクリーン中央部に、金色に輝く大きな構造物が浮遊している。一方がアルファベットのY字に割れ、レールに似ていた。Y字の上のほうにあたる両末端部がほつれたようになり、輝く霧あるいはガスのようなものが噴きだし、エネルギー嵐のなかで荒れ狂っている。

ペリー・ローダンは、唇をきっと結んで映像をにらみつけた。

「いまうつっているのは、M-13にある時間転轍機《てんてつき》です。惑星アルキストに、いわゆる時間塵をずっとまきちらしています」コメンテーターの解説がつづく。「周知のことですが、時間転轍機は五つあると判明しています。これにより、宇宙ハンザは五商館からの撤退を余儀なくされました。

さいわい、この構造物はまだ実験的段階にあるようです。とはいえ、宇宙ハンザの責任者たちは、時間転轍機を破壊するか、あるいはすくなくとも使用不能にする可能性を見いだすべく、考えられるあらゆることをやっています。日に日にポジティヴな成果が見こまれています」

その映像がフェードアウトし、一実験室の映像に変わった。複雑そうなマシンの二カ所が開いて、内部が見える。そのかたわらに、男女一名ずつが立っている。うしろに、大型コンピュータの壁面が見えた。

「イリナ・ヴァンテンです」と、女性レポーターがいう。「ハイパー物理学者、アレンス・ドガル教授の実験室にいます。ドガル教授は、ハイパーエネルギーを通常物質に転換する秘密の手がかりをつかみました。物質転換機を使った高品質エレメントの生産に革命をもたらすかもしれません。教授、研究はどこまで進んでますか？」

アレンス・ドガルは咳ばらいをした。

「まずいっておきたいんですが、わたしひとりが問題解決のために研究しているわけではありません。わたしはいわゆる〝ルン効果〟の研究リーダーにすぎない。研究室では科学者九十七人からなるチームが十一年前から研究をつづけていて、ハイパーエネルギーを通常物質に転換する技術的解決法を見つけだそうとしているのです。

周知のように、物質転換の最大の問題は長いあいだ、充分な水素を得ることにありました。まず第一にこの装置に必要なエネルギー生産のため、第二に高品質エレメントへの転換のため。大規模生産となれば、テラの海洋水はたちまち消費されてしまうので、すでに前々から、生命体のいない衛星や惑星の大気から水素を獲得したり、さらには、恒星間にある水素雲のなかに飛行可能な物質転換機を送りこんだりしてきました。

これらすべては非常に高価で、多くの費用を要するものです。だからわれわれ以前の科学者たちは、これに変わる打開策を模索してきました。つまり、エネルギーを物質に転換するということ。残念ながらこの打開策は、くりかえし大きな困難にぶつかりましたが、いまやっとわれわれの研究室が希望を持てる端緒《たんしょ》についたところです」

　教授は試作品をさししめし、

「ここにあるのはハイパートランス転換装置の試作品で、まだ実験段階にあります。この装置を使って二日前にはじめて、最新型宇宙船で使われるハイパートロップの原理にしたがって得たハイパーエネルギーを、パラ水素に転換しました。

　残念ながら、得られた質量にくらべてエネルギー消費量はまだまだ高く、採算がとれませんが」

「ですが、近い将来、もっぱら吸引エネルギーや、あるいはハイパートランス転換装置を用いて吸引エネルギーから得た物質で物質転換機が作動することにはなりませんか？そうなれば、水素すなわち原料の恒常的不足と、さよならできるのでは？」

「ある種の条件づきでそういえるかもしれません」と、教授は答えた。

　女性レポーターは、確信に満ちた笑みを浮かべ、

「視聴者のみなさま、これで天然資源不足は終わると予見されます。わたしたちにとって、以前には思ってもみなかった展望が開けます。といいますのも、近い将来、テラ社

会および友好関係にあるすべての文明社会は、ほとんど考えられないほど豊かになるし、そうなれば、より高次元の任務に向かって精神を解放することになるのですから」

レジナルド・ブルは端末のスイッチを切り、

「仰々しいいいようは好きではありませんな」と、いう。

ローダンは笑った。

「見通しはじつによろこばしい、ブリー。最近ジェフリーがこの研究の状況を報告してきたんだが、任意の規模でのエネルギーを物質に転換できれば、より多くの豊かさをもたらすだけではなく、なかんずく新しい大規模プロジェクトにとりくむ力をわれわれの文明に授けるファクターになる。

たしかにこれは、セト＝アポフィスからの攻撃をかわすのにも役だつだろう。ただし、さっきのレポーターが、時間転轍機を破壊する点について日ごとにポジティヴな結果が見こまれるといったのは、まるで当を得ていない。そのようなことを約束するのは、根拠のない希望をいだかせてしまい危険だ。実際には、われわれ、この問題に関してはまだどうすることもできないのだから」

「かなり絶望的に聞こえますな」と、ブル。

「事実、絶望的なのだ」と、ローダンが、「きみはいなかったからな。われわれが……ジェフリー、ラス、アクメドとわたしだが……アルキストに時間塵をまきちらした時間転輸機を調べたときに。あるいはむしろ、調べ〝ようとしていた〟というべきか。結果はただ打ちのめされただけで、時間転輸機をどう処理したらいいのか、いまだにだれもわからない。想像してみてくれ、時間転輸機がテラ近傍にあらわれて、時間塵でわれわれの惑星をこっぱみじんにしてしまうのを！」

レジナルド・ブルは青ざめ、

「縁起でもないことをいわんでください、ペリー！　われわれ、もううんざりしてるんですから。さて、グライダーが着陸しますぞ！」

ローダンはコクピットの透明キャノピーごしに下をのぞく。ハンザ司令部の直径二キロメートルの中核が見える。巨大建築物の屋上プラットフォームでは、グライダーが絶え間なく発着していた。施設は地表に見えているだけではなく、地下深くまでひろがっている。

「《バジス》がノルガン・テュア銀河に到着しているといいのだが」ローダンがつぶやく。「あの下のようすは魔物のようで、わたしを消耗させる」

ブルはものわかりよくうなずき、

「転地療養にあこがれてますな」と、かれ一流のくだけた口調でいう。「わたしもそうですが、まずは魔物にとっつかまるしかありません。しかし、自由になったあかつきには逃げだし、お忍びでテラニア・シティの夜遊びにくりだしますからな」

3

アンディャ・クロトルは、ヌレリアの巨大な音楽ホールで、注意してあたりを見まわした。

「植物がない」と、憂鬱な気分でいう。「技術を使ったがらくたばかりだ」

キリ・マニカが腕をつかみ、

「コンピュータが吐きだした戯言《ざれごと》を信じてはいないでしょう、アンディャ。植物に千里眼なんてありゃしないわ、サブリナだってそうよ」

「植物は宇宙に存在するほかの生きた細胞群と信号をかわすことができる、という仮説がある」天文学者は小声でいった。「そうだとすれば、植物は、起きることをあらかじめ察知できるのかもしれない。ま、サブリナの警告はわたしのプログラミング・ミスのせいだと思うがね」

「わたしもそう思うわ」と、キリ。「あなたが予約したのは何番テーブルなの？」

「二一一番だよ」アンディャはそう答え、近くのテーブル上方で浮遊する発光マークに目をやった。「われわれ、左に行かなけりゃならない。さ、行こう!」

アンディャはキリをともなっていく。ほどなく、テーブルが見つかる。ヌレリア茶葉工場でコンピュータ技師をしているシドラ・アムンと、そのボーイフレンドで、ヌレリア高地を管轄する環境生物学者兼環境プランナーのヘルネ・タラウヴァがすでにテーブルについており、挨拶のため立ちあがった。

「フェロルの青ワインを飲んでるね」と、アンディャ。「ぼくらもそれをもらおうか、キリ?」

キリがうなずいたので、かれは、人工黒檀製のまるいテーブルのはしにあるちいさな発光フィールドにクレジットカードを置き、

「フェロルの青を一本とグラスふたつ!」と、ほとんど見えない内蔵マイクロフォンに向かっていった。

数秒もたたぬうちに、テーブルのまんなかで薄板シャッターが開き、ワインボトル一本とクリスタルグラスふたつをのせたお盆が開口部から浮遊してきて、アンディャの前に置かれる。

ボトルはすでに開栓され、簡易ストッパーで自動的にまた栓がされていた。アンディャがくぼめたてのひらをその上に持っていくと、栓がぽんとぬける。ワインを満たし、キリとグラスをあわせた。ふたりがワインを飲んでいると、シドラ・アムンがいう。

「ところで、あなたの趣味は植物の代弁よね、アンディィヤ。実際のところ、植物に予言能力があるかどうか、教えてくれる？」

アンディィヤはむせてワインを卓上に噴きだしてしまい、あわててグラスを置いた。

キリはアンディィヤの顔をナプキンで拭いてやってから、テーブルにはねたワインを拭《ぬぐ》った。

「どうしてよりにもよって、こういうタイミングで質問なんかしたりするのよ！」と、シドラに腹をたてる。

アンディィヤは咳《せ》きこみ、それから咳ばらいをして、

「ごめん、質問がいきなりだったもんで。しかし、どうしてそんなことを、シドラ？」

「ああ、それはね、ロドニー・テレビのレポートでいってたからなの。人と感情コンタクトできて、予知能力を持つらしい植物があるんですって。ヘルネとわたしは、もちろん、そんなこと本気にしてるわけじゃないんだけど、あなたが植物とかかわってるから、まあ意見を聞いてみたかったのよ」

「きみもエモシオ・コミュニケーションにとりくんでいるという話じゃないか」と、ヘルネ・タラウヴァが割りこむ。

「ロドニー・テレビって、広告収入だけで番組を制作している、怪しげな放送局よ」と、キリ・マニカが説明する。

「だけど、起きる前の事件二件と病気一件を、植物が警告したっていってたわ」と、シドラ。

ヘルネがにやりとし、

「それに、チンパンジーに人間並みの知力があるともいってた」

「ときどきそう思えるようなこともあるけどね」と、キリ。

「わたしの質問にまだ答えてくれてないわね、アンディヤ」シドラはうながす。

「ううむ、わたしにはわからない」アンディヤ・クロトルが困惑して答える。「きのうだったらきみの質問にきっぱり否定の答えを出したが、きょうは……」

コンピュータがヤツデのサブリナのメッセージとしてアウトプットしたテキストについて披露し、

「これをどう考えたらいいのかわからないんだ。もしほんとに植物に予知能力があるものなら、生物学の専門家がとっくに何世紀も前に発見してるだろうしな」

「ひょっとすると、自然発生的にあらわれた突然変異なんじゃないのか」ヘルネは考えながらいう。「もっとも、同じような突然変異がいろんな場所でほとんど同時にあらわれるなんて、考えられないけどね」

「じきコンサートがはじまるわ」キリはそういいながらステージを頭でしめす。ステージには出演グループ〝ザ・ロボッツ〟が姿をあらわし、音楽コンピュータの前にならぶ。

もちろん、ロボットでメンバーが構成されているのではなく、音楽をもっぱらコンピュータを使って生みだすので、グループ名がそうなっただけだ。

「サブリナが、植物のないところを避けなきゃいけないといったのね？」シドラはちいさな声でいい、テーブルの上にかがみこんだ。「ここには植物がないわ、アンディヤ」

「そうだけど、ここでいったいなにが……」アンディヤは話しはじめようとしたが……口をつぐんでしまった。頭上で大きな爆発音がしたのだ。

キリは叫びながら跳びあがり、恋人をそこからひきはなしたのだが、充分にすばやいというわけにはいかなかった。不可解な理由で爆発した天井の照明器具の破片が、アンディヤの後頭部にあたり、かれは血まみれになって倒れた。

ほかの負傷者三名とともに医療ロボットで運ばれるさい、アンディヤはかたわらに駆けつけてきたキリにささやいた。

「共通のリリーサーが……行動要因があるにちがいない」

それから、意識を失った……

＊

エドモンド・ツィガル博士は、なんともいいようのない物音で目がさめた。音は、かれが住んでいるちいさなバンガローのどこかから聞こえてくる。

あわててはねおきたりはせず、じっと横たわったまま耳を澄ませた。百六十四歳ともなると、若者や中年のようには性急な反応をしめさない。それに、家のなかに犯罪者などいるわけがないのだ。ずいぶん以前から心因性予防やメンタルヘルスケアが実施された結果、遺伝学的な犯罪体質があったとしても、出生以前に治癒されるようになった。犯罪行為につながる可能性のある環境要因は、体系的に排除された。とはいっても犯罪はいまもくりかえされているが、つましい生活を送る個人住宅に押しこみ強盗を働くような不毛な行為には結びつかない。

しかし、現にまた物音がし、エドモンド・ツィガルもこんどは、バンガローの一室から聞こえてきたと確信した。だれかがなにかにぶつかったのだ、たぶんキッチンで。

ツィガルは笑みを浮かべて立ちあがる。かれの家は、テラニアによくある動物園四つのひとつ、ヘルマン・ノラス動物園内の一角にあった。ここで動物心理学者として働いている。これまでも、カササギや猫、あるいは公園内で自由飼育されているキツネザルが、開けっぱなしの窓から忍びこんできては、好奇心から、とくに目だちやすいものやおいしそうなものを探しだそうとすることがあった。それに、思いだしてみれば、晩にキッチンの窓を開けたままだった。ロボットレンジを使わずに、フライパンでインドネシアの米料理をつくったからだ。

室内ばきにしている木製サンダルをひっかけ、あくびをして通廊に出た。またがたがたと音がする。ドアの開いたキッチンから聞こえたのはたしかだ。

「待ってろよ、わんぱくども！」こっそりキッチンのドアに近づきながら、つぶやく。

ツィガルはドアを開けると、信じられないというように目を大きく見開いた。二匹のチンパンジー、ジョンとギッタ……これまでずっと世話してきたので、もちろんすぐに判別できる……が、なにをやっているのかわかったからだ。

二匹は隙間におさまっているロボットレンジを慣れた手つきでとりだし、窓敷居まで持ちあげている最中だった。それは、チンパンジーの知性ではけっしてできない行為だった。

いずれにせよ、今夜までは……

チンパンジー二匹は動きなかばでかたまり、目を大きく見開いて、自分たちがよく知っている人間のことを見つめた。悪意を持ってというよりも、むしろ自分たち自身に驚いているというふうに。

エドモンド・ツィガルは驚愕のあまり、言葉もない。かれにしてみれば、いわば世界が崩れたも同然だ。いま見ていることは、これまでの人生で聞いたり学んだりしたあらゆる科学的知見に反しているのだから。あまりのことだったので、かれは突然、燃えつきたようになり、とほうにくれた。

ジョンとギッタは動物心理学者を前にして、平静さをとりもどす。二匹はロボットレンジを窓敷居まで持ちあげると、それを持ったまま外に跳びだし、夜陰《やいん》に姿を消した。

これはエドモンド・ツィガルにとって二度めの驚きだった。というのも、ジョンとギッタの反応は、飼育されたチンパンジーが悪行を見つけられたさいに通常見せるものではなかった。そういう場合、たいていは、きいきい鳴いてジェスチャーでごめんなさいするものだが。パニックにおちいって逃げだすのならまだしも、よく知る人間に見られていて平然と盗みを働くなんてことはありえない。

ツィガルはショックで椅子に身を沈めた。

数分後にようやく、しっかり考えられるようになる。とんでもないことが起きてしまったと理解しただけでなく、チンパンジーは盗みを働く前に施錠した檻《おり》から逃走したはずだ、という考えにもいたった。

仕事部屋に急ぎ、ヴィジフォンのところに行くと、門扉コンピュータのセンサーをタッチして、けっしてチンパンジーのためにゲートを開けないよう指示した。それから飼育係のクング・ネイセルが住んでいる、猿舎に隣接する建物のヴィジフォンに接続すべく、パネルにタッチする。ネイセルは非常に高齢で、自分のお気にいりにたいそういれこんでいた。

クング・ネイセルが応答しないので、ツィガルは大急ぎでキルティングのズボンをはき、ブーツに足をいれ、人工毛皮のジャケットを身につけた。一月だからとても寒いのだ。足早にバンガローをあとにし、猿舎へと急いだ。

保護区域内の動物がおだやかに眠れるよう、動物園の照明は最低限に抑制されているので、猿舎の手前ほんの数メートルまで行ったところで、やっとゲートが開きっぱなしなのが見えた。

いやな予感がして、動物心理学者は身震いする。敷居をまたいだとき、予感は惨憺たる現実に裏書きされた。

檻はすべて開けはなたれ、チンパンジー、テナガザル、ゴリラ、オランウータン、ロリス、なにもかもいなくなっていた。空っぽでないのはたったひとつ、チンパンジー・カップルのジョンとギッタの檻だけ。そこには、さるぐつわをかまされザイルで格子《こうし》に縛りつけられた、パジャマ姿のクング・ネイセルがいた。

＊

シンシア・モンタナは遅い……あるいは朝もまだ早い……時間だというのに、ぶらぶら歩いていた。というのも、時刻は午前三時。テラニア・シティの西にある、ひろびろとしたクリス・バーゲン公園を、通りぬけようとしているところだ。

寒かったのでぶあつい毛皮のコートを着て、裏ばりした赤いブーツをはいている。それでも、くっきりした月明かりの夜を楽しんでいた。キャバレー・ソルトゥゴで美人ダンサーとして舞台に立ったあとは、いつもこの道を通って自宅に帰る。

シンシア・モンタナは、人っ子ひとりいない公園の寂しい道を恐いとは思わない。個人を狙った窃盗事件はもうとっくになくなっていたし、酔っぱらいの迷惑行為は、どこにでもカムフラージュされて配置されている公園監視ロボットにより、たちどころに処置されるからだ。

それでも、背後で大きくあえぐ犬の声が聞こえたときには、ひどくぎくりとした。振りかえるより早く、大きなシェパードが彼女のそばを疾走していく。ほっとして大きく息をしようとしたとき、犬の背中にプラスティック紐でしっかりくくりつけられているバナナの房が見えた。

シンシアは唖然として立ちつくし、すぐに道をそれて木々のあいだに姿を消した犬のうしろ姿を追う。犬が日用品を運ぶのに使われるなんて、これまで聞いたこともない。しばらくして、彼女は頭を振り、歩きはじめた。バナナの房を運ぶ犬というのはたしかにふつうじゃないけど、興奮することでもない。

ところが数歩進んだところで、彼女はまた立ちどまった。こんどはハンマーをたたく大きな音が、前方のどこかから聞こえてきたのだ。バナナを運ぶ犬同様、クリス・バーゲン公園ではありえないこと。

作業ロボットかしら？

またもやシンシアは頭を振る。テラニア・シティやほかのテラの諸都市にあって、夜間の静寂保持はもっとも優先度の高い規則ではないか。

相《あ》いかわらずハンマーを打ち鳴らす音が聞こえるので、さらに好奇心がわいてきた。なにが起きているのか、夜間の静寂を妨げる場所に、もう行かずにはいられない。

三分ほどして、シェパードが姿を消したあたりのこんもりした木々が、ひろい芝生の見晴らしのさまたげにならなくなったとき、彼女はこの夜の次なる驚きを経験した。

おびただしい数の奇妙な姿が、芝生のまんなかあたりで元気に走りまわっている。プラスティック部品やシンプルな角材を使い、ずいぶんと原始的な小屋を建てているようだ。大きなハンマー音以外には話し声も聞こえないので、シンシアは最初、自分が知らないタイプのロボットだろうと思った。

しかし、そう思ったのは、すこしのあいだだけ。公園には照明がついていたし、星々の明かりとほぼ満月に近い月の光で照らされていたので、さらに数歩進むと、作業しているのがロボットではなく動物だとわかった。

正確にいうと、猿だ。

シンシアはテラニア・シティにある動物園をよく訪れていたので、チンパンジー、ゴリラ、オランウータン、群れをつくるテナガザルを知っていた。そのとき突然、さっき追いぬかれたシェパードが目にはいる。チンパンジーはシェパードからバナナの房をとりはずすと、それを持って、ほとんど完成しかかっている小屋のなかにはいった。

チンパンジーはすぐにもどってきて、犬の前でなにやらジェスチャーで指示している。犬はだらりと舌を垂らして地面にすわり、猿を注意深く見つめていたが、すぐに短く吠え、跳びあがると、駆けていった。

チンパンジーが身ぶりで犬に指示を出したのだと、シンシアは理解した。だが、理解できないこともある。そもそも、どうしてそんなことができるのだろうか。

彼女はまたもや立ちどまる。見てはいけないものを見たのだと、突然わかったのだ。自分がもよりのコールセンターに行って、観察したことを治安維持部隊に報告したりしたら、猿たちは容赦しないだろう。

猿たちは作業に没頭している。たぶん、まだシンシアに気づいていないのだ。彼女はゆっくりあとずさりする。夜行性鳥類のメンフクロウが頭上を飛び、その翼が髪を軽くかすったとき、思わず頭をひっこめた。

だが、メンフクロウが鉤爪でミニコンピュータをしっかりつかみ、猿たちめがけてまっすぐ飛んでいくのを見ると、叫び声をあげた。

ほどなくして赤色灯やサイレンをつけた多数のグライダーが芝生に着陸し、制服姿の治安要員が跳びおりてきたとき、シンシア・モンタナはふたたびおちつきをとりもどした。

「なにがあったのです？」シンシアは、自分のもとに急ぎ駆けよってきた女性要員にきいた。

「わかりません」彼女は率直に認める。「公園管理ロボットが警報を出したのですが……」

命令する声が響く。治安係の男女は列をつくり、きびきびした動作で猿の群れへと動きだす。だが、近づくにつれ、速度はどんどんゆっくりになり……猿たちまであと数メートルというところで立ちどまり、とほうにくれてたがいを見つめあった。

4

「わかった、ありがとう」と、レジナルド・ブル。ローダンの執務室で、ハイパーカム端末のマイクロフォンに向かっている。「もうすこし集中的にキウープを探すよう、提案しておく」

そういうと接続を切り、ちょうど部屋にはいってきたローダンを振りかえり、

「ロクヴォルトからでした、ペリー。キウープは相いかわらず姿をくらましたままですし、いっしょに研究していた者たちは、かれを見つけだそうと努力しているようには見えません。なんとまあ、あなたはむきたての卵みたいにさっぱりしていますな」

ペリー・ローダンはかすかな笑みを浮かべて、いくつものコンピュータ端末以外に、たくさんのヴィジフォン端末、テレカム端末、ハイパーカム端末が置いてある執務デスクの前のシートに腰かけた。

「毎朝、体操のあとにシャワーを浴びるし、いつだって洗濯した服を着ているからな、ブリー。それにひきかえ、きみは明らかに髭《ひげ》もあたってない」

ブルは指で顎をなで、ぞりぞりという音をたて、

「まったく寝てませんからな」と、いう。「頭のなかではありとあらゆることがめぐっていまして。莫大な額の資金と原材料をつぎこんで、ロクヴォルトでさらなるモンスターをつくるかもしれないキウープ。非現実的で不気味なちいさい魔女スリマヴォ。イホ・トロトの意識にまとわりついている、いまいましいデポ……どうやら、ソルから百四十億光年以上もはなれているツインクエーサーのことらしいですが」

デスクをこぶしでたたく。

「どうしようもないですぜ！　銀河系に対するセト＝アポフィスの危険がますますさしせまっているというのに、われわれは暗中模索するだけで、ときおりほんのちょっとした進展があっても、それではまともなことはなにもできやしない」

「わかっている！」と、ローダン。「きみがここにいるあいだにティフから連絡はあったか？」

「ティフ？　いいえ！」レジナルド・ブルは飲料自動供給装置のところへ行き、コーヒーを選ぶ。「あなたも飲みますか？」

ローダンはかぶりを振り、

「ティフが、スチールヤードでの次の会議日程を、わたしに知らせるといっていたのでね。では、こちらから連絡してみよう」

ローダンは、首席テラナーの　"官邸"　とハンザ司令部のあいだの　"ホットライン"　経由で接続する。

　すぐにスクリーンが点灯し、ジュリアン・ティフラーの執務室の一部がうつる疑似3D映像が表示された。ティフラー自身は執務デスクの向こうにいる。

「……しかし、われわれ、ただ手をこまねいているわけにはいきません」と、声がする。ティフラーの声ではない。

「ハロー、ティフ！　だれかお客さんか？」

　ティフラーがうなずく。

「こんにちは、ペリー！　スチールヤードの日程をまだ決められず、申しわけない。別件にかかずらっておりまして。お待ちください、広角映像に切りかえます！」と、笑みを浮かべる。

　映像はぼやけたが、すぐにクリアになり、ティフラーの執務室全体がうつった。ティフラーの執務デスクの前の椅子に、年配の女と、おなじくらいの年格好の男がいる。テラニアの第二市長ブルーニ・グラジエラと治安維持局長のジャック・セーレだ。

　ブルーニとジャックはうなずき、ほほえみながら挨拶した。

「申しわけありません、ペリー！」と、ブルーニ・グラジエラが、「ですが、万策つきまして、ティフのところにおもむいたわけです」と、とほうにくれたようすを見せた。

そのしぐさを見てローダンは、ティフラーにも方策がないのだと理解すると同時に、ひょっとするとハンザにも関係するような、なにか予測しないことが起きたのかもしれないと推察する。

「なにがあったのか?」と、たずねる。

「猿どもが遊び狂っていまして」ブルーニがローダンの疑問に答える。ローダンが憤慨して眉を吊りあげるのを見て、すぐにつけくわえた。「冗談ではないのです。昨晩のことですが、すべての動物園およびペットショップから、まったく奇妙な状況下で猿たちが姿をくらましました。おもに類人猿ですが、ほかの種も」

ペリー・ローダンは自問した。なぜ、ティフや自分までもが、こんなとるにたりないことでわずらわせられなければならないのかと。

「だったら、動物たちをまた捕獲すればいいだけのことだろう」と、いう。

「それですめばいいのですが!」と、ジャック・セーレ。「しかし、猿どもの行動はおよそ動物らしくなく、人間に匹敵する知的能力を発揮していまして。セキュリティロックを壊して、警備員の裏をかき、市の公園施設に集まっているのです」

「しかも、そこにコロニーをつくりました!」ブルーニが興奮して叫ぶ。「簡素な小屋を建てるために、目標をしっかり見定めて必要な物資をすべてとりそろえ……それを、カラスのようにどこからでも盗んでくるのです。食糧品や小型コンピュータやロボットレンジや、ほかにもいろいろたくさん。おまけに犬や鳥を手なずけて、資材を盗ませ自分たちのところに持ってこさせています」

「なんてこった。いったいぜんたい、どうしてそんなことが？」レジナルド・ブルはいきりたつ。「昨夜、あの情報サービスが吹聴《ふいちょう》していたのは、いいかげんなことではなかったのか！　が、猿は猿。いきなりアインシュタインになんかなれっこない！」

ローダンは笑みを浮かべ、

「だが、こうなってはもう動物としてあつかうわけにはいくまい？」と、急に真剣になり、「とはいえ、大きな問題がある。この知性の増加には共通する原因があるにちがいない。これまでになにをしたか、ジャック？」

ジャック・セーレはあきらめたようにため息をつく。

「猿のコロニーはすべて治安部隊が包囲しています。そもそも猿を捕らえたかったのですが、やつら、大々的に消極的抵抗をしたのです。そうこうするうちに、投入した部隊は、センセーショナル好きの野次馬や、猿に暴行をくわえようとする興奮した人々をコロニーから遠ざけるのに手いっぱいになってしまいました」

ティフラーの顔の筋肉がぴくりとし、

「猿のコロニーに陸戦隊を出動するよう、ジャックに強く要請されたのですが、断りました。猿が平均的なＬＦＴ市民に匹敵する知性をほんとうに獲得したのだとしたら、Ｌ

FT市民たる資格があるわけで、つまりは、われわれが享受しているのと同等の権利を有することになるわけですから」

「われわれは猿並みと？」ブルが腹をたててつぶやく。「そう考えたことはなかった。ことによっちゃ、わたしの秘書室にも毛深いのがすわるかもしれん。だがそうなったら、わたしは退職して年金をもらい、猿のいない遠くの惑星に移住するからな」

ローダンはうしろにもたれかかり、頭のなかに渦巻く考えを整理しながら、

「この問題はテラニアだけでなく、LFTやハンザにもかかわる」と、言葉を選びながらいう。「正真正銘の突然変異ではなく、動物成体の知性が急激に高まったというのであれば、いずれにせよ、この精神的一時変異がテラニアにのみかぎって起きるとは考えにくい」

「なにを提案するのです、ペリー？」ジュリアン・ティフラーがたずねる。

「まず第一に猿のコロニーの保護強化だ。そうすれば、この動物に……というか、生命体に……関する不必要な面倒は起こらない。同時に、動物心理学者、人間の心理学者、生物学者、言語学者で構成された調査グループをつくらなければならない。かれらには猿とのコンタクトおよび調査を試みてもらい、動物園の飼育係に対し、近ごろ知性を高めた生命体にとくに目をひくような変化はなかったか、聞きとり調査をさせる。放射の専門家、化学者、生物生態学者には、この十年あるいは二十年で、それぞれの専門分野

でいかなる影響が確認されているか、多種多様な影響による複合作用が公表されているかどうか、さらには猿の脳構造、脳波あるいはほかのなにかに影響をおよぼしうるファクターがあるかどうかを調べてもらう」

「それが類人猿の脳に影響をおよぼすのだとすれば、人間にだって影響はあるでしょう」と、ブル。興奮もおさまり、完全におちついたようすだ。すこし笑い、「もっともわたし自身は、前より利口になってるようには思わないですがな」

「それはひどく骨の折れる任務ですね」またもやティフラーは顔の筋肉をぴくりとさせる。「わたしにはひきうけられそうにありません」

「きみのところには有能な者たちがたくさんいる、ティフ」と、ローダン。「計画の作成・実行は、なかでも優秀な者たちにまかせるといい。わたしもそのようにする。われわれのだれひとりとして、混乱させられることのないように。今回の件は人類に対する脅威を意味するものではなく、われわれ、日々生じる多くの任務のひとつの前に立たされているにすぎない……たとえ、非日常的な内容であることは認めざるをえないとしても」

「ええ、もちろんです」と、ティフラー。「ナディッ・シッカーにまかせることにします」

ブルーニ・グラジエラとジャック・セーレが安堵の吐息を洩らすのが、はっきりわかる。

「では、のちほど!」ローダンはそういうと、かれらとティフに手を振った。

＊

半時間後、ペリー・ローダンの〝内輪の仲間〟だけで、会議が開かれた。

もっとも、ごく短い時間で呼び集められたのは、五人だけだった。ジェフリー・アベル・ワリンジャー、ガルブレイス・デイトン、フェルマー・ロイド、アラスカ・シェーデレーア、グッキー……そこにもちろん、ブルとローダン自身がくわわる。

ペリー・ローダンの話のあと、小会議室を重苦しい沈黙が支配し、それを最初に破ったのはグッキーだった。

「これって、人類にとって深刻な打撃だね」ネズミ＝ビーバーは考えながら発言した。「石器時代以来、自分たちを万物の霊長とみなし、多かれすくなかれ神であるかのように、あんたらの惑星の動物界を見くだしてきたわけだから。動物の外観をした知的存在をあんたらの社会に組みいれるのって、むずかしいよね」

「動物の外観をした存在がほんとうに知的であるなら、われわれ、かれらを同等の権利を有する者としてうけいれるとも、グッキー」ローダンが答えた。「鏡を見さえすれば、わたしのいってることが真実だとわかるはずだが」

グッキーはシートにすわったまま手足をのばし、一本牙《いっぽんきば》をむきだして、「そりゃまあ、ぼくらイルト出身のネズミ＝ビーバーは、たいがいの人間より知的だけどさ」

「われわれの問題を些細《ささい》なことであるかのように茶化《ちゃか》すのはよくないぞ、グッキー」アラスカ・シェーデレーアが真剣にいう。顔のほとんどをかくしているプラスティック製マスクのうしろからの声は、くぐもっていた。「ここで起きていることは異常すぎて、背後にセト＝アポフィスの陰謀がかくされていはしないかと思うほどだ」

「こんなことをして、セト＝アポフィスはどうするつもりだと？」ジェフリー・アベル・ワリンジャーが口をはさんだ。「たしかに若干の混乱は見られるし、かなりの科学者たちがよけいな仕事をかかえることになるが、それだけのことだ」

「ペリーのさっきの話は、あれですべてではない。猿だけが知性を増したのではなく、植物もそうなのだ」レジナルド・ブルがそういって、ローダンを見る。「あなたの執務室で待っていたとき、情報サービスが報道した内容に関して照会したんです。今晩、宇宙港から帰る途中で聞いたあれです。大部分は事実に即していたし、べつの民間情報サービスも新しい出来ごとを報道していました。それによると、植物が身近な人間に病気や事故が起きる前にいった内容は、予言としかいいようがないものだと」

「ほんとうなのか？」ペリー・ローダンは驚いて大きな声をあげた。「そうなると、べつの様相を呈《てい》してくる。偶然こういうことになったとはとうてい思えない、友よ。意図的な操作がなされたにちがいない」

「ですが、敵対的なものではないでしょう」と、ワリンジャー。「植物が予言的発言をしたとして、だれに不利益がもたらされますか？　いったいどういうふうに？　むしろ役にたつくらいのものでは」

「ぼくの役にはたたないね、ジェフリー」グッキーが反論する。その目は悲しげだ。「ニンジンが感じたり考えたりするって知ってて、菜園からひっこぬいて楽しみながらおいしくたいらげるなんてできないよ。どうやって乗りこえたらいいってんだい！」

「野菜も同様に知性ないし感情を持つようになるなんて、信じないぞ」と、ブル。「そんなことが考えられるものか！　わたしはステーキを食べるときには、揚げたじゃがいもといっしょがいいんだ！」

「しかし、そうだとしたら、食糧品の供給全体が崩壊してしまいます」と、シェーデレーア。「こんどのことはセト＝アポフィスのしわざじゃないかと。ハンザもずいぶんと手痛い打撃をうけることになりますから」

「それはずいぶん飛躍した考えのように思う、アラスカ」と、ローダンがいう。「野菜がある種の知性を発達させるというのは、いまのところ純粋な推測だ。わたし個人としては誇張だと思う。しかし、もちろん、われわれ、あらゆる手がかりや推測を調べる必要がある」

ローダンはガルブレイス・デイトンのほうを向き、

「ガル、きみにたのみたい。研究班を編成して、コンピュータ・プログラムを開発し、調査を企画してほしいのだ。きみは前太陽系秘密情報局長官として、天才的企画者であることが証明ずみだ」

「天才的とはどういう意味ですか？」デイトンは当惑して抗議する。

「ひきうけてくれるか？」と、ローダン。

「もちろんですとも」感情エンジニアは答え、「許可をいただけるなら、すぐにでも作業にとりかかります」

「ありがとう、ガル」と、ローダンはいい、感謝をこめてデイトンにうなずきかけ、

「最新情報をたのんだぞ！」

こんどはロイドとグッキーのほうを向いた。

「きみたちには、テラニアやテラのほかの場所を、いろいろ見てまわってもらいたい」と、苦々しく笑いながら、「あふれる思考の海のなかから、手がかりもないのに、ひょっとしたらわれわれの問題にかかわる操作をおこなったと洩らす者を見つけだすことのむずかしさはわかっているが」

「干し草の山のなかから、針を探すようなもんだ」と、グッキーがいう。「それも、惑

星くらいでっかい干し草の山からね」

「たぶん、探さなければならないのは、前々から入念に準備していた行動にかかわる思考だ」シェーデレーアが言葉をさしはさむ。「次の世代になってはじめて影響があらわれる、遺伝子操作ということも考えられる」

「だったら遺伝子学者を探さなければ」と、フェルマー・ロイド。「これで、われわれの仕事はやりやすくなる」

「しかし、遺伝子操作だという保証はない」と、ローダンはいう。「ブリーとわたしはハンザ司令部の情報センターに行って、この問題に関係するすべての報告を精査することにする。ひょっとしたらそこから、手がかりや糸口が見つかるかもしれない」

「わたしの頭から湯気が出るのがもう見えていますぜ」と、ブル。

ペリー・ローダンは微笑を浮かべ、

「通常の思考作業はもちろんコンピュータにまかせるさ、でぶ」

そして、立ちあがり、

「さ、はじめるとしよう、友たちよ！」

5

およそ三時間後、ペリー・ローダンとレジナルド・ブルは、ことのしだいを概括的に把握した。

ハンザ司令部の情報センターにあるコンピュータ端末は、ふたりの指示で、多数のテラニア市当局やたくさんあるデータ機関のコンピュータに、すべてのケースで当該情報を問いあわせた。それらがスクリーンのあちこちに移動し、データが保存され、ハンザ司令部の主ポジトロニクスに転送される。そこでの分析により、ふたりの男は端末を介して概要を理解したということだ。

それによれば、これまでに七百三十一件の事例が記録されていた。職業上あるいは個人的に植物の感情や反応の研究に従事するLFT市民が、これまで知られていない植物の強い感情反応を報告している。そのなかに、植物が予言的な発言をしたという事例が、九件あった。そうした発言がされた状況を主ポジトロニクスが分析した結果、技術的前提や個人的仮定がその可能性を容認しなかったために認識されなかった予言事例が、もっとたくさんあるにちがいないと推測された。

いわゆる猿のコロニーに関しては、およそ四万匹となり、その大部分は大型都市公園内に、若干は類人猿が自由生活を営む自然保護区につくられている。ここでも主ポジトロニクスは、まだはるかに多くのコロニーが自然保護区や居住者のすくない区域につくられているはずだが、人里からはなれているためにいまだ発見されていないと結論づけた。

猿がいったいどういうものを盗んだのかを主ポジトロニクスが分析したとき、ローダンとブルは耳をそばだてた。小屋を建てるのに用いる資材とちがって、〝家具調度品〟のリストは、非常に無計画によせあつめたような印象だ。たとえば自動キッチン、ごみ処理機、皿、鍋、フライパン。さらには小型コンピュータ、交通量調査コンピュータ、分光器、登山用品、乗馬用の馬勒《ばろく》などがある。

「猿たちがほんものの知性を発達させたわけではないという証《あか》しですな」レジナルド・ブルが安堵のため息まじりにいう。「そうでなかったら、やつら、使い道のないものを無計画に集めたりはしないでしょう」

「そのように思えるが」ローダンは懐疑的に答えた。「しかし、それはまだ証明されてはいない。無計画な貪欲さは、人間にも見られることだ。猿たちは、なにが使えてなにが使えないか、たしかめようとしただけなのかもしれない。かれらの道具を使う経験値は低いからな」

　ヴィジフォン機器が音をたてたとき、ローダンは眉をひそめ、

「じゃましないよう指示しておいたのだから、なにか重要なことにちがいない」

　デスクに設置してある目の前の装置を視線スイッチで作動させると、すぐに重量感のある男の映像がスクリーンにあらわれた。

「第三屋外警備室の監督官グロニングです」と、男はいう。「おじゃまして申しわけありません。ですが、ここにプロフォス政府の大使がいまして、火急の用件であなたと話す必要があるとのことです、ペリー」

「プロフォスの？」と、ローダンは、「どういうことか？　われわれ、プロフォスとのあいだに問題はかかえてないが」

　ふたりめの男が視野にはいりこむ。ローダンはかれと面識があった。テラ駐在のプロフォス大使、クロマン・デゲターだ。

「プロフォスから知らせがはいってきまして。それが真実だとすると、とんでもないことなのです！」デゲターは興奮して大きな声を出す。

「プロフォスでも猿が知性を持ったのかも」ブルは、ローダンにだけ聞こえるちいさな声でいった。

　ペリー・ローダンは思わずかぶりを振る。

「なにが起きたのだ、クロマン？」

「半時間ほど前、コスミック・バザールのダンツィヒに向かっていたわれわれの商船が、プロフォス政府に連絡をよこしました。ダンツィヒは閉鎖され、おそらく見捨てられたようだと。そういうわけで、すぐにわが大使館に連絡があり、わたしに対処するよういってきたのです」

ローダンは笑みを浮かべ、

「それは誤解にちがいない、クロマン。コスミック・バザールはただの一カ所も閉鎖されてはいないし、閉鎖するつもりもない」

「わたしには、かなり誤解の余地のないことのように聞こえたのですが」大使が応じる。

「本日の正午までに納得のいく説明がなされなかった場合、わが惑星政府はGAVÖKフォーラムに通達するつもりです」

ローダンが真顔になり、

「即刻、対処しよう、クロマン。来賓室でお待ち願いたい。それが真実ではないと証明するから。では、のちほど」

ローダンはヴィジフォンを切り、立ちあがった。

「きてくれ、ブリー。近くのハイパーカムでダンツィヒに連絡をいれる」

が、次の瞬間またすわった。ヴィジフォンが音をたてたからだ……と同時に、スクリーンが点滅する。緊急呼び出しのしるしだ。

またもや視線スイッチで装置を作動させる。

スクリーンの点滅がやみ、ハンザ司令部のロボット交換手のシンボルがあらわれた。

「首席テラナーが緊急用件でペリー・ローダンと話したいと」ヴォコーダーがつくりだしたとは思われない、耳に心地よく調整された音声がいう。

「つないでくれ」と、ローダン。

「わたしはだんだん神経質になってきましたよ」と、ブル。

ティフラーの上半身がスクリーンにうつる。首席テラナーの顔の筋肉がまたぴくりとした。目の下にくまができている。

「ペリー、ダンツィヒから応答がありません！」かなり興奮している。

ローダンは青ざめ、

「では、ほんとうだったのか」

「なにがほんとうだったのです？」

「プロフォス大使に告げられたのだが、商船の一隻が報告してきたというのだ……ダンツィヒは閉鎖され、明らかに見捨てられていると思われると」

「しかし、そんなことはありません」ティフラーが答える。

レジナルド・ブルは立ちあがり、近くのハイパー通信装置で、エウガウル星系外縁部にあるコスミック・バザールと連絡をとってみると、身ぶりでローダンに伝えた。ローダンはうなずく。

「セト＝アポフィスの大攻撃のはじまりなのでしょうか？」ジュリアン・ティフラーがつぶやく。

「われわれ、冷静をたもたなければならない」ローダンはいう。「ぐあいがよくなさそうだ、ティフ。そんなきみを見たことがない。気分が悪いんじゃないか？」

「なにもかもが大混乱のときに、どうして気分がよかったりしますか、ペリー。わたしにはどうすることもできません」

ローダンはうなずき、友を理解した。自分もまた、いつもそこにあり、明らかに絶え間なく増大していくセト＝アポフィスの脅威に直面して、しばしばなすすべなく、たしかな基盤がないまま宙に浮いているように感じているので。

数分が経過し、レジナルド・ブルがもどってきた。明らかに動揺し、平静さを失うまいと戦っている。

「ダンツィヒが沈黙しています」抑揚のない話し方だ。「それ自体は驚くことでもありませんが、ダンツィヒのいちばん近くにある商館に連絡してみたのです。すぐに、ダンツィヒ駐在ハンザ・スペシャリストのトップであるラモン・セザーレにつないでくれました」唾をのみこむ。「ラモンいわく、コスミック・バザールはハンザ司令部のアルファ命令により、保安上の理由から避難・閉鎖したというのです」

「ここからのアルファ命令と？」ペリー・ローダンは驚き、大声を出す。「それならわたしが知っているはずだ。ラモンは機密ハイパーカム装置で折りかえし確認してこなかったのか？」

ブリーがうなずく。

「しています。で、命令は認可されました……ティフによって」

怒りをあらわにローダンは、首席テラナーの映像を凝視した。

＊

「わたしがですか？」ジュリアン・ティフラーはゆっくりした口調できぎかえし、うつろに笑う。「そうなら、わたしは事情を知っていることになりますね……さらに、そんなことをしたもっともな理由があるはず。あらかじめ、あなたがたと話しあわなかった理由も」

ローダンはうなずき、

「ラモンがティフと話したはずはない、ブリー」

「しかし、ラモンは、われわれと同じくらいティフをよく知っています……いずれにせよ、かれの外見を」と、ブルはいう。

「そうとも……外見をな」と、ローダン。「われわれはしかし、ティフという人間を知っている、ブリー。だから、わたしにはラモンがティフと話さなかったとわかる。完璧な思いちがいの可能性がある。それはきみもよく知っていること。実際、コンピュータに細工すれば、ハイパーカムあるいはテレカムでだれにでもなりすますことができる。ラモンのハイパーカム装置にあらわれた映像がほんもののティフなのか、あるいは完璧なコンピュータ処理なのかは、だれにもつきとめられない」

「ありがとうございます、ペリー」ティフラーはいった。

ブルはシートに深くすわりこみ、

「コンピュータ化のくそったれ！」と、ののしる。「そいつのせいで、われわれ、魔法使いの弟子の役割を押しつけられ、自分たちがつくりだしたものを支配するすべをもはや知らないときている」

「完璧なコンピュータ化がなければ、いまの宇宙ハンザは存在しないし、待ちうけるセト＝アポフィスとの対決に成果をあげるための前提条件である経済力を得る見こみもないだろう」ローダンはふたたびおちつきをとりもどす。「ティフ、こちらへきてもらいたい！　ブリーとわたしは直近のコンタクト・ルームからネーサンと話す。一刻も早くスチールヤードの全ハンザ・スポークスマンに召集をかけなければならない状況だが、その前に〝目〟を使ってダンツィヒに行き、ようすを見てくるつもりだ」

「すぐそちらに向かいます」ティフラーはそういって、接続を切った。

ローダンとブルは、コンタクト・ルームへ最速で通じるコースを歩いた。そこからだと、常時ルナのハイパーインポトロニクスと接続できるのだ。

ペリー・ローダンであると確認すると同時に、ネーサンと直接コンタクトできる権限者認証ができる、避けては通れないシステムを通る。特殊ハイパーカムの大画面が明るくなり、月の計算脳のシンボルがあらわれた。

ローダンはまず手短かに、植物や猿に関連して起きた事件を説明する。その後、コスミック・バザールのダンツィヒに関連することを述べ、早急にスチールヤードの全ハンザ・スポークスマンとの会合が不可欠と考えていること、さらには〝目〟を使ってダンツィヒに行こうと思っていることを述べた。それに対してネーサンが、

「理解しました」と、いう。「わたしもハンザ・スポークスマンとの会合は不可欠と考えます。しかし、時期尚早《しょうそう》かと。ハンザ司令部に所属し高度な権限を有するスタッフのなかに、セト＝アポフィスの工作員がいる公算大ですから。

その工作員がコスミック・バザールの閉鎖を画策し、ハンザ・スペシャリストからの照会に対して首席テラナーをよそおって命令認可のお膳だてをしたと考えています。その後、工作員はまた不活性化したかもしれませんが、さらなる行動にあたり、またすぐに活性化することも考えられます。ですから、テレパスを投入し、高度な権限を有する

スタッフ全員をつねに監視することを提案します。

さらに、ハンザ司令部内のコンピュータ・ネットワーク全体をチェックして、細工されていないか検証する必要があります。あらたに細工が施されたら遅滞なく発見できるよう、ひきつづきロボットやサイバネティカーを動員して監視をおこなうことです。

あなたがダンツィヒに行く必要はないと考えます。そうしたところで、原因の手がかりが見つかることはないでしょう。むしろ、要員やスタッフを早急にもどし、コスミック・バザールを再開させることが不可欠です」

短時間、集中的に考えてから、ローダンはうなずく。

「なるほど、すべて理にかなっている、ネーサン。感謝する」

「ちょっと待ってほしい！」レジナルド・ブルが興奮していう。「ティフラーが、セト＝アポフィスの工作員ということはないのだな？」

「原理的にはありえます」と、ネーサン。「ですが、首席テラナーのように目だつ人物を、工作員として〝リクルートする〟公算は薄いと考えます。まっさきに疑いをいだかれ、監視される人物だからです」

「われわれはティフを疑っていない」と、ローダン。

「その主張は感情に由来するもので、まったく根拠がありません」ルナのハイパーインポトロニクスは返答する。「しかし、わたしは、首席テラナーが超越知性体の工作員とは思いません。理由はすでに述べました」

「ありがとう、ネーサン」と、ペリー・ローダン。「きみの提案にしたがうことにする。以上」

「以上」ネーサンはそれ以上のコメントをしない。

ふたりは無言でコンタクト・ルームを去り、やはり沈黙したまま、搬送ベルトと反重力リフトを使ってローダンの執務室に行く。

そこでかれらを待ちうけていたのは、ホーマー・G・アダムスがもたらしたふたつめの思いがけないことだった。半ミュータントであり金融の専門家である男の顔に、ローダンは即座にさらなるトラブルを見てとった。

「さ、なかへ、ホーマー！」そういって、ずんぐりした体型の、背が曲がった男の肩に手をまわす。かれは、その肉体的欠陥をとりのぞくかんたんな手術を、くりかえし拒否してきた。

室内にはいり、ローダンはホーマーに椅子をすすめた。自身は立ったまま、執務デスクの角によりかかる。

アダムスは神経質に鼻梁《びりょう》をこすり、低い声で話すあいだじゅう、尖った靴先を見ている。

「もちろんわたしは、宇宙ハンザ内での、すべてに優先するあなたの特権的地位を認めています、ペリー。が、これは純粋に個人的な問題です。これまであなたは一度として、絶対的優位な権限を自分のために主張したことはなかった。とにかく、半時間前までは」

「それはどういう意味か?」レジナルド・ブルがいきりたってたずねる。

ホーマー・G・アダムスは頭をあげると、ローダンの顔をしっかりと見つめ、

「なぜ、独断でマレノ商館をスプリンガーの族長トマクに売却したのです、ペリー?」

ローダンは驚いているように見えたし、実際に驚いていた。

「わたしは宇宙ハンザのファスナー一本だって売ったことはない」と、いう。「だがどうやら、宇宙ハンザで起きた事件がかわるがわる責任者のせいにされることに、慣れなければならないようだな。最初はティフが犯人あつかいされ、次にわたしの順番がきたということか」

こんどはアダムスが驚いたように見える。

「しかし、ポジトロニクスに保存された売買契約書には、あなたの個人登録印鑑と署名がありましたよ、ペリー!」

「そして、これまでだれも、その契約の合法性に疑問を持たなかったのか?」ブリーは不思議そうにいう。「明らかにハンザの鉄則に抵触《ていしょく》しているのに」

「おそらくだれも、人類のためにとほうもなくつくした男の忠誠心を、あえて疑おうと

はしなかったのでしょう」アダムスがいう。「しかし、ハンザ・スポークスマンのひとりがこれを知ったら無効になるというのは、当然のことです。ここには巨大な混乱がありますな」

ローダンはうなずき、

「わたし自身が巨大な混乱を生じさせることで、その混乱に先んじるぞ、アダムス。まず契約の無効を宣言する。正当な効力がないのだからな。つづいて、そういった工作を可能にするような、ハンザ司令部のコンピュータ・ネットの弱点を探させる」

苦々しく笑い、

「未知の犯罪者にほとんど感謝したいくらいだ。行動を起こすことで、ハンザ司令部にある弱点を明らかにしてくれたのだから」

ヴィジフォンのスイッチをいれ、告げた。

「こちら、ペリー。わたしの執務室で、できるだけ早急にチーフ・サイバネティカーに会いたい。以上！」

6

海面上空百メートルほどの地点で、グッキーは実体化し……ぎょっとしたかのように、即座にまたテレポーテーションする。きびしい天候に対処する準備をしていたにもかかわらず、地獄に落とされたような感じで、ほとんど息がとまりそうになったのだ。

雲ひとつない夜だった。それなのに空に星は見えず、たえず飛翔装置をコントロールしていても、テラのその領域上空で猛威をふるう氷嵐に吹きつけられ、飛ばされそうになる。

偶然、からだの向きが変わって顔が南を向くことになり、地平線低くに、乳白色の霧がかかった月が見えた。凍りついた氷冠に月光がふりそそいでいるが、明るく照らしてはいない。逆に、しわが刻まれ起伏の多い地殻が長い影を落とし、風景は黒ずんでいた。嵐が渦巻き、無数の氷晶が山となってはげしくぶつかっているが、それはネズミ＝ビーバーのずっと下のほうでのこと。つかのま嵐が凪《な》いで、とどろくような音が鳴りやみ、耐圧ヘルメットの外側マイクロフォンから、かさかさいう不気味な音がした。ネズミ数百万匹が走りぬける音のようにも聞こえたが、鋼のようにかたい極地の氷上を吹きぬける針状氷晶だった。外側温度計は摂氏マイナス三十七度をしめしている。

グッキーは多目的アームバンドを経由して位置表示を読みとる。表示装置は、地球上に環状に〝吊るされた〟いずれかの複合ナヴィゲーション通信衛星の方位測定により自動的に測定され、小型アームバンド通信機があれば地上のどこにいても接続できる。

いまいる位置は、北緯八十五度四十二分、東経二十一度二十九分。つまり、北極からおよそ四百八十キロメートルはなれている……目的地の極地研究ステーション〝白熊〟までは、およそ一・五キロメートルである。

〈大丈夫か、グッキー？〉心配する思考がとどく。

イルトは一本牙をむきだして笑った。

〈大丈夫さ、フェルマー。いまからステーションにジャンプする。テラのここんとこだけ目にした者がいたら、生命をおびやかす惑星だと思うにちがいないね！〉

グッキーは〝目標人物〟の女医、ネリー・ピーターソンに思考を集中させ、彼女がいま、顔が凍傷になった気象学者グンナー・エルストルーの治療にあたっていることを読みとった。さらには、彼女の思考……なかでも、いまいる部屋の状況を。漂流する極地の氷上、メタル・プラスティック製の低い丸屋根の下にある、すばらしい設備の看護室だ。

次の瞬間、グッキーはテレポーテーションし……ネリー・ピーターソンのすぐそばで実体化した。

ネリーがグッキーのからだから発せられた冷たい空気の渦を感じたと同時に、グンナー・エルストルーもイルトを見た。なかば押し殺した不明瞭な音を発する。

女医が振り向く。イルトは耐圧ヘルメットをたたんでていねいに、

「じゃましてごめんね、ネリー、グンナー。ステーションのこの領域しか探りだせなかったもんだから、きみらのすぐそばに出てくるしかなかったんだ」

「グッキー！」ネリー・ピーターソンが思わずいう。

ネズミ＝ビーバーにとって、すぐに認識されるのは驚くことでもなんでもなかった。グッキーや、かれにまつわることを知らない者は、まずテラにいない。

「顔の状態があんまりひどくないといいんだけどね、グンナー」と、グッキー。「こんなに寒いんだもん、ステーションにとどまるべきじゃなかったのかい」

「外でやらなくてはいけない作業があったので」気象学者は最低限に口を動かし、「任務上、避けられないのです。運悪く、はげしい突風に投げたおされて、氷上にたたきつけられ、フェイスマスクをなくしてしまいました」

「マスクってかい？　きみたち、ここで仮面舞踏会でもやってたの？」グッキーは雰囲気をなごませるために、なにも知らないふうをよそおう。

ネリーが明るい笑い声をあげた。

グンナーはぶつぶついっただけで、表情を変えない。凍傷した顔で笑ったりするのは、ひどい痛みの原因になるからだ。

「ごめんね、グンナー」と、グッキー。「ネリー、ぼかあ、これ以上きみの仕事のじゃまをしたくないんだよ。〝白熊〟のリーダーはどこにいるんだい？」

ネリーの目がおもしろそうに輝く。

「まだ測定室にいると思いますわ……たぶん、装置が記録したハイパーエネルギー性現象のことで、頭を痛めてるんじゃないかしらね。〝白熊〟の近くをテレポーターがうろつきまわるなんて、ダグネッツには予測できないでしょう」

「だったら、できるだけ早いとこ教えないとね」と、イルト。「通廊の壁にはってある説明表示を見れば、測定室はわかるよね？」

「そんなもの必要ありません、グッキー」女医はいった。「ドアを出て、右に行ってすぐの階段をあがれば、測定室です」

グッキーは頭をこくりとして、

「あんがと、ネリー……早くよくなってね、グンナー」

そういうと向きを変え、よちよちドアへ歩きだす。

〈ぶじ到着したよ、フェルマー！〉北グリーンランドのダーコーヴァ・シティで待機しているロイドにテレパシーで報告する。

〈いいか、必要なら行くが。わたしはスタート準備のととのったスペース＝ジェットにすわっている、グッキー！〉と、同じやり方でロイドは答えた。

〈だったら、すわったままでいておくれ！〉と、イルト。〈ここじゃ、仮面舞踏会の人たちだって凍傷で顔をやられちゃうから〉

ロイドがこれを聞いてびっくりするだろうと思ったのに驚かなかったので、グッキーはすこしばかりがっかりした。

*

赤い大文字で〝測定室／許可なき者入室禁止〟と書かれた鋼製ハッチは閉ざされていた。イルトは禁止なぞ気にもせず、ハッチの向こう側にテレポーテーションする。

「くそ、まただ！」色あせた青いトレーニングウェア姿のずんぐりした男がののしる。作業に没頭していて、グッキーの再実体化がひきおこした空気の流れにも気づかないようだ。「時空連続体の震動……しかも、えらく近い！　今回はつきとめなきゃならん」コンピュータと連結した装置の上に指をはしらせ、モニターを見つめ、うめき声をあげた。「こいつは故障しているにちがいない。ここで起きた構造震動がないぞ」

「あるよ」ネズミ＝ビーバーはそういうと、満足げににやりと笑った。

ダグネッツ・コンマンは電気ショックをうけたかのように振りかえる。イルトを見て、目を大きく見開いた。

「型破りなあらわれ方をしてしまって、申しわけない、ダグネッツ」と、グッキーは、「こんなふうに長ったらしく説明したほうがいい？」

コンマンは唾をのみこむと、オイル光りしている黒々した髪を左手の指で梳《す》き、

「もちろん、必要ありません。グッキーじゃないですか！」そういうと、いままで不機嫌だった顔が輝くばかりの笑顔に変わった。ふつうの人の手ならすっぽりかくれてしまう、大きないかつい手をさしだし、「グッキー、じかに会えるなんて！　夢がかなった！　ファンなんです、グッキー、ほんとうに。あなたの活躍ならなんでも知っている」

「気恥ずかしいよ、ダグネッツ」イルトはそういって、照れたふりをする。

グッキーは片手を、テレキネシスですぐさま解放する心がまえをし、慎重に研究所長の手のなかにすべりこませた。が、ダグネッツ・コンマンはじつに用心深く握りしめてくる。

それから、どうしていいかわからないという顔でイルトをじっと見た。

「あなたはつまり、われわれの仕事に興味があるのですな、グッキー。ま、われわれ、興味深い現象と山ほどかかわってますから。その前に、なにかいかがです？　たとえば、新鮮なニンジンとか？　自分たちで栽培してるんですよ。おや、驚きですか？　驚くよ

うなことじゃありません、宇宙船でやってることは、われわれのところでもやってます……宇宙船に関しては、なにも話せませんがね。ですが、ニンジンを何本か持ってこさせましょう」

「べつのときにして、ダグネッ」グッキーはいう。「今回はステーションのことできたんじゃないんだ……とにかく、あんたたちの仕事と直接の関係はなくてね。北の氷花柱のことなんだよ」

「ああ、そのことで」ダグネッツ・コンマンはやや失望したように、「ええ、あの不思議なものなら〝白熊〟のすぐそばにあります。しかし、そもそもたいしたもんじゃなく、金がかかるだけのつまらない装置ですよ」

「グリゴル・ウムバルジャンがつくったんだよね？」イルトはたずねる。

「あの〝重力構成者〟はそういっていますな」コンマンは答える。

「かれと話したことあるんだよね、ダグネッ？」

「ええ、かれがきてすぐのときに。なぜ、球形ハウスごとわれわれのそばに移住することにしたのか、知る必要がありましたので。じつは好感の持てる男だとわかりました。ただちょっと癖があって、ドロップアウトしかかってるある種の天才というか」

「だろうと思ったよ」と、グッキー。「かれんとこに連れていってくんない、ダグネッ？」

研究所長の顔が突然また輝き、

「あなたのためだったらなんでもしますよ、グッキー！」と、断言した。

十五分後、ふたりはグリゴル・ウムバルジャンのところへ向かっていた……

＊

ふたりが亀に似た無限軌道車輛でステーションを出てすぐ、天候が急変した。暖かい南風が気温を摂氏マイナス二十三度に上昇させ、はげしく雪が降る。

コンマンはパノラマ探知機や方位測定装置を使ってステーションや静止衛星の継続通信信号をキャッチし、車輛のコースをエレクトロン地図に書きこみながら、冷静かつ確実に操縦した。肉眼でのコース特定は無理だっただろう。コンマンは機首の投光器をつけて、そのことをイルトにしめした。光芒は五メートル以上には到達せず、照らされるのは逆巻く濃い雪煙ばかりだ。

「氷花柱は、研究所から四キロメートルたらずのところにありまして」コンマンはネズミ＝ビーバーに説明する。「じきつきます」

テレカムのスイッチをいれ、

「ダグネツからグリゴルへ！　こちら〝白熊〟のダグネツ！　グリゴル、応答願う！」

テレカムのスクリーンが明るくなり、瘦身《そうしん》の男の映像があらわれた。年齢はおよそ八十歳、細長い顔で、チャコールグレーの目が微光をはなっている。

「こちらグリゴル！」低い声がした。「旅行者たちを連れてきたのか、ダグネッ？」

「いや」ダグネッ・コンマンはいたずらっぽく笑いながら答える。「だがな、わたしのお客は旅行者千人に匹敵するね。グッキーっていうんだ」

ウムバルジャンの顔に驚きの表情が浮かぶ。

「グッキーだって？　わたしの氷花柱に興味があるのか？」

ネズミ＝ビーバーは、自分がしゃべりだすのをウムバルジャンが期待しているとわかっているので、しゃべらない。

「もちろん！」連れがしゃべりだそうとしないのに気づいて、数秒後、コンマンがいう。「考えうるかぎりのものを盗んだ猿たちの話題でもちきりでなかったら、テラじゅうがあんたのモニュメントのことを話題にするさ」

ウムバルジャンの顔に狼狽《ろうばい》のシュプールがあらわれ、ふたたび笑みを見せた。

「いずれにせよ、よくきてくれた。コーヒーを用意しておこう。ちょうどケーキが焼きあがったところだ。じゃあな！」

そういうと、接続を切った。

グッキーは無言でダグネッ・コンマンの隣りにすわっていた。やがて車輛がきしみ音をたてながらとまり、暖房されたガラスごしになにかが見えてきた。それは、イルトがテラ・テレビの描写から想像していたものをはるかに凌駕《りょうが》する、信じがたい光景だった。

直径は二十メートルほど、どこまでもつづくかと思われるような高さのシリンダーがある。そこは雪、氷の結晶、嵐がまったく吹き荒れていない。そのまんなかに、一種のオベリスクがそびえている。エネルギー性構造物で、色とりどりの光彩をはなち、宇宙のはかりしれない深奥、無数の解かれぬ謎と秘密を歌いあげていた。

歌といっても音響による演奏ではなく、搬送波およびそれに〝乗っかる〟情報内容がうけとり手の意識のなかで連想を形成するよう導くさいに生じる、プシオン性エネルギーの脈動するオーラのようなものだ。

超能力を持たない一般の知性体は、巧妙な重力技術者のトリック箱のしわざと信じるかもしれない。だが、グッキーにはきわだったプシオン性能力があり、考えうるすべての超常現象に関する膨大な知識を持つ。ゆえに、北の氷花柱は真の芸術だと、ほとんど痛いほどの明快さで認識した。これはトリックなんかじゃなく、時空のあいだにある神秘的でひそかなエネルギー流を吸引しているのだと。

この芸術品に魅了されたネズミ＝ビーバーが搬送波をブロックし、呪縛をできるだけはらいおとし、情報内容から精神をひきはなすのに数分間かかった。

グッキーは研究所長に目をやり、自分とくらべればコンマンがほとんど芸術品に影響をうけていないのを見てとった。おそらくイルトが大きな影響をうけたのは、意識がプシオン性能力を持つためだろう。

「行きましょうか？」コンマンがきいた。

「もちろんさ」イルトはそう答え、防護服の耐圧ヘルメットを閉じた。

コンマンがうなずく。かれはフェイスマスクをつけ、ウール製の手袋に両手をつっこみ、その上からトナカイの革で裏ばりしたボクサー・グローブのようなミトンをはめ、それまで着ていた絹の裏地がついたウールパーカーの上にカリブーの革でつくった上着をまとい、コーデュロイの乗馬ズボンの上からカリブーの毛を裏打ちしたズボンをはき、裏ばりつきのフードをひもでしっかりくくった。

グッキーが横目でちらりと見たのに気がついたコンマンは、笑いながら、

「完全エレクトロン制御機能つきの耐寒スーツは好きじゃないんですよ、グッキー。凍りそうな寒さに対応できる、自然のものが気にいってるんです」

それに対してはイルトはいくらでも返答のしようがあったが、やめておいた。自然素材に関して寛容だったたからだ。

コンマンのあとから後部ハッチを通って〝亀〟を降りる。ほどなく、向かいにある銀青色に輝く楕円形の金属球に気づいた……鏡面のようになめらかな直径五メートルほどの構造物は、傷だらけの氷面すれすれに浮かんでいる。多彩色をはなつオベリスクが針のように鋭くそびえている保護領域内にある。

グッキーと研究所長が保護領域内に足を踏みいれると、球形ハウスの、人間ひとりが通れる大きさのハッチが開き、黄色い梯子《はしご》が地面におりてきた。

ふたりはそれをのぼり、ほどなく半球形の室内にはいる。壁のひとつは、ありとあらゆるコントロール・パネル、スクリーン、スイッチ類で埋めつくされていた。

壁の前に立っていた男が振り向き、近づいてくる訪問客を見つめる。グリゴル・ウムバルジャンにほかならず、グッキーはいまになって、芸術家がおよそ二メートルの身長であることに気づいた。

「ようこそ、わが球形ハウスに！」かれは笑顔でいう。

ウムバルジャンがアームバンド装置のスイッチをいれると、コントロール・パネルとは反対側の壁に開口部ができ、そこから細長いテーブルとスツール三脚がすべりでてきた。テーブル上には、湯気のたつポット、コーヒーカップ三個、砂糖いれ、ミルクピッチャー、そしてカットされたマーブルケーキがのったケーキスタンドがある。

「どうぞおとりになって……席についてください！」芸術家は客人にすすめた。

かれは壁の棚を開けた。ネズミ＝ビーバーが見たところ、冷蔵庫らしい。北極地方に冷蔵庫だって？　ウムバルジャンはなかから瓶を一本とりだし、

「コニャックです」と、いう。「コーヒーにひと口いれるのが好きなんです。グッキーは？　ダグネツは？」

「ぼかあ、いらないや」と、グッキー。

「わたしはもらう」コンマンはいう。

ウムバルジャンはコンマンのカップと自分のカップに黄金色のコニャックをそそぎ、さらに砂糖と生クリームをいれた。コンマンはケーキもとったが、イルトは食べる気がしなかった。ここには楽しむためにきたのではない。ひとつの疑問がかれを苦しめていて、できるだけ早くその答えを得たかった。

「すごい芸術品だね、グリゴル」しばらくしてからそういった。「ハイパー物理学者としての教育をうけたんだよね？」

ウムバルジャンはケーキのはいった口をもごもごさせながらうなずき、

「ハイパー物理学のなかでも、専門分野は重力学です。しかし、じきにその知識を転用し、重力を応用した芸術作品をつくることにしたんです」と、ほほえむ。「残念ながら、成功は限定的でしたが……やがて、氷花柱ができたのですよ」

グッキーはうなずき、コーヒーをひと口飲む。

「たぶん、次元間のプシオン流にはいりこむ、新しい自然法則を発見したんだろ？」

芸術家はびっくりしてグッキーを見つめた。

「そうなんですよ、グッキー。だけど、どうしてそれがわかりました？　正しい思考の糸口をつかむのに、わたしは数年かかったというのに……わたしがやったことを、あなたはすぐにわかった」

「純粋なる推測だよ、グリゴル」と、イルトは答える。「超能力があるから、オベリスクのオーラのなかにいれば、通常人以上に気づくんだ。だから推測できた。でも、超能力のないあんたは、正しい糸口を見つけるために、よりレベルの高いある種の考え方を展開させたにちがいない。そういうことじゃない？」

「ええ」と、グリゴル・ウムバルジャンはつぶやく。「ときおり、いかにかんたんにその高いレベルにいきなり到達したかを考えると、ぞっとするんです。それからは、自分が一種の天才で、狂気の縁にいるんじゃないかと恐れるようになりました」

「そういうことを恐れてる者は、そうはならないよ」と、ネズミ＝ビーバー。「やっぱ、ケーキひときれもらうね、グリゴル。このケーキは、あんたがこれから先も両足でしっかり現実に立つ証しだから。ふむ、こりゃ、めっぽううまいや」

フェルマー・ロイドがいつもとは異なるはげしさで、テレパシーで呼びかけてきたとき、グッキーはかすかにびくりとし、テレパシーで答えるのに、いっさい気づかれぬよう強い意志でこらえる必要があった。

〈ぼくのほうはすべて順調だよ、フェルマー。グリゴル・ウムバルジャンは地球外生命体でもモンスターでもない。だって、かれは自分自身を疑っているんだから。けど、ぼくが思うに、かれの芸術作品には、猿や花に知性の増加をもたらしたのと同じ要因に発

する能力が感じられるんだ。未知のファクターがね〉

〈そうかもしれない！〉と、ロイドが返す。〈しかし目下のところ、それはそう重要ではない。われわれ、いますぐ、テラニアにもどらなければならない、グッキー！　ティフが破壊工作のかどで逮捕された〉

〈ありえっこない！〉と、イルトは考えた。だが同時に、ロイドが真実を語っているのもわかった。〈すぐ行くよ〉

グッキーは茫然として、前方を凝視する。

「どうしたんです？」ダグネッ・コンマンが心配げにたずねる。「いきなりようすがすっかり変わってしまいましたが、グッキー」

「さよならしなくちゃなんない……すぐに」と、イルトが、「なにか起こったらしいんだ……ぼくのことを悪くとらないでね、ふたりとも、あんがと」

「ここではテレポーテーションできません」と、グリゴルがあわてていう。「オベリスクの領域には、ハイパーエネルギー性乱流があって……」

「わかってる」グッキーはそういうと、上昇していった。

半分ぼうっとしたままで球形ハウスを去る。オベリスクと球形ハウスがある保護領域からあわただしく出たところで、ロイドが待つスペース＝ジェットに精神を集中。目のはしにみごとな輝きのオーロラの〝カーテン〟をとらえると、次の瞬間には消えていた。

7

ハンザ司令部の巨大複合建築の一翼に、ハンザ・クリニックがある。そこの控え室で、ペリー・ローダンはミュータントふたりを迎えた。

ローダンの顔は心配のあまり青ざめているが、同時に、決然としている。脅威にさらされた状況のとき、いつもそうであるように。

「ティフがセト＝アポフィスの工作員にされたとは、わたしにはいまだに信じられない。しかし、たしかなのだ」ちいさな声でいった。「ネーサンが正体をあばいた。ティフは巧みな、ほとんど天才的といってもいいコンピュータ操作で、月の計算脳に戦闘艦の大艦隊を建造させようとしていた。さいわいなことに、ネーサンはそういった試みに気づき、過去にさかのぼって、一連の工作の原点を最初から追うことができる状況にあった」

「なんとひどい」と、ロイド。「セト＝アポフィスの工作員を超越知性体の条件づけから解放できたことは、一度もありません」

「今回はやらなければならぬ」ローダンは口を一文字にした。

「ティフんとこに行こう！」と、グッキーがいう。

数分後、かれらは、考えうるありとあらゆる装置がぎっしりつまった大きな部屋にいた。一種の成型シートに、ハーフパンツをはいただけのジュリアン・ティフラーが横たわっている。おびただしい数の電極が肌にはりつけられ、そこからのびるケーブルが、やはりおびただしい数の装置につながっている。剃りあげられた頭から髪の毛のように細いゾンデがのび、やはりケーブルで装置とつながっていた。どこかハリネズミに似ている感じがする。

明るいグリーンの上っぱりを着た男女十四人が、ティフラーの周囲に立ったり、コンピュータの制御盤やスクリーンの前にすわったりしている。

「宇宙心理学者や宇宙医師たちだ」と、ローダンが、「かれらのじゃまをしてはいけない」

「ティフラーは意識がないのでしょうか？」ロイドがたずねた。「かれのなかにはいっていけません」

「自分でブロックしてる」ネズミ＝ビーバーが悲しげな声で、「助けてもらいたくないんだ」

「ふつうじゃない」ローダンがいう。「工作員が使命をはたしたり、捕らえられたりしたときには、これまでだったらセト＝アポフィスはその都度、不活性化したものだ。だが、ティフはいまだに拘束から解かれていない」

首席テラナーの顔を見るが、まったく心の動きが認められない。おまけにティフラーは目を閉じていた。

コンピュータ操作をしていた宇宙心理学者が席を立ち、ローダンとミュータントふたりのところにやってくる。三人はかれと面識がある。宇宙心理学博士のアーラム・スヒンドラ教授、この専門分野では銀河系の第一人者だ。

「われわれにできることは、あまりありません」教授はおちついた声でいう。「患者にはしっかりした意識があり、われわれがたしかな成果をあげないよう、意志の力を使って心理的・肉体的反応を起こすまいとしているのです」

「そんなことができるのか？」ロイドがたずねた。

「不思議なことに、そうなんです」スヒンドラは答える。「首席テラナーの意志は非常に強力なだけでなく、それを目的にそって使用するという、比類なき力をこれまでは発揮しています。しかし、もちろん、そのとほうもない労力をいつまでも保持できるわけではありません。力が衰えれば、われわれ、有用な結果を得られます」

「知能指数は損なわれてる？」グッキーがたずねる。

「見たところ、そういうことは」スヒンドラが返事をする。「とはいえ、検査したわけではありませんので」

「だったら、すぐにもやってよ」と、イルト。

　宇宙心理学者はほほえみ、

「あなたの熱意は立派だ、グッキー。ですが、ティフラーの反応はすべて、かれの知性がずっと変わらないことをしめしています。セト＝アポフィスによる活性化がすこしくらい知能指数をあげてもさげても、問題にはなりません。そういうことは、すべての異常な状況下で、どの知的生物にも見られます。脳代謝の増加と思考プロセスの目的関連性に関係していますから」

「それでもやってもらいたいんだ！」グッキーは真剣だ。

「そうですか……」スヒンドラはためらいながら、ローダンを見る。

「やってくれ！」と、ローダン。

　教授はあきらめて、ハンザ司令部の主ポジトロニクスに接続されているコンピュータに向かう。数分間操作をすると、困惑の表情を浮かべて、ローダンとミュータントふたりのところにもどってきて、

「知能指数が大幅に変化しています」と、いう。「こんなことはありえないと考えていたのですが。とくに抽象的思考能力が、きわめて高くなっています。三十パーセント以上の増加です。一方、論理的推理力はたえず揺らいでいます。揺れ幅はプラスマイナス

十八パーセントです」

「ティフが、以前とは異なるレベルで考えているというのかい?」と、ネズミ＝ビーバーがきく。

「素人っぽい表現ですが、おおむね核心をついているかと」と、教授は認めた。

「より高い精神的レベルでってこと?」グッキーはしつこくくいさがる。

スピンドラ教授はすこし笑う。

「いえいえ、かならずしも、より高いというのではありません、グッキー。首席テラナーは、あなたやわたしとは異なる考え方をしているにすぎない。おそらくは、より抽象的に、それによってより明晰に。しかし、脈絡のないロジックで考えるわけですから、思考プロセスの結果が質的に高まる可能性も、落ちる可能性もあるのです。こういう種類の考え方はわたしには予測不可能ですから、そこにいたる道がないまま、目に見える結果だけを見るにすぎません」

「われわれ、その結果はすでに見た」ローダンは苦々しくいう。「ティフはネーサンの操作には失敗したが、それは成功のための前提が満たされていなかったからにすぎない。これに対して、コスミック・バザールの閉鎖や商館の売却といった工作については、残念ながら一時的にしろ成功をおさめた」

「そりゃ、非常に巧みにしくまれていたのですから、ペリー」と、ロイドがいう。

「けど、最終的にハンザはさほどの損害をこうむらなかったぜ」と、グッキー。「宇宙艦隊を建造する件に関しても、ほとんど損害はなかった」

「いや、重大なダメージをあたえかねなかったぞ、ちび」ペリー・ローダンは反論する。「戦闘艦数百隻が、協定に反して通告もなく突然あらわれたとしたら、GAVÖK種族たちの目には、LFTやハンザの平和政策の信頼性が破壊されたことになるだろう」

そういうと、アームバンド・クロノグラフを見て、

「ところで、ブリーはどこだ？　十五分前にくることになっていたのに……ガルの暫定報告を携えて」

グッキーが眉をひそめ、それからいった。

「いずれせよ、ぼくらのそばにはいないよ、ペリー。自分をブロックしてんじゃなければだけど。そんなの、ぜんぜんブリーらしくないし」

ローダンはすこし考え、アームバンド・テレカムのスイッチをいれると、ガルブレイス・デイトンを呼びだし、

「ブリーはいつきみのところを出た、ガル？」と、きく。

「わたしのところにはきていませんが」デイトンはびっくりしている。

「こちらを四十五分前に出たんだぞ！」ローダンは興奮して大きな声で、「わたしの執務室からきみのところまで十分とかからない」

「道草を食ってるんじゃないですか、ペリー。興奮するようなことではありませんよ」

「いっしょにティフのところに行くことになっているのにか」と、ペリー・ローダン。

「ガル、すべてのインターカム端末でブリーに呼びかけてくれ！　すぐわたしに連絡するようにと！　わたしは、捜索を組織するために、数分後には自分の執務室にいる」
＊

　半時間後、レジナルド・ブルがハンザ司令部にいないことがわかった。たえず呼びかけているにもかかわらず、応答はない。巨大施設内部をあちこち飛びまわっているグッキーとロイドは、ブリーの思考インパルスのかけらすらとらえることができなかった。

「セト＝アポフィスの大攻勢だ」ペリー・ローダンはいう。「ブリーは誘拐されたのだと、わたしは確信している。しかも、この誘拐は、ティフの工作員としての活性化と関連がある」そういってこうべを垂れる。「おそらく、ブリーはじき姿をあらわすだろう、超越知性体の〝休眠工作員〟としてな。徹底的な調査をすれば、ティフの昼夜の行動のなかにも隙間を見つけられるはず。そこから、ブリーがだれにも知られずに消えた時刻や、いつの間にかもどってきたことも、わかるのじゃないか」

「ぼかあ、そうは思わないな」と、グッキー。

　イルトはロイドやローダンといっしょにローダンの執務室にいる。目下のところ、レジナルド・ブル捜索の指示・監督がメインとなったので、することがない。しかし、ブルはいつどこへ消えたのか、いまにいたるも手がかりはなく、捜索は暗闇のなかでの手探り状態だ。

「どうして?」ローダンはグッキーにききながら、飲料自動供給装置でコーヒーのキイを押す。

「ぼくのいったことを理解したいんなら、まずは、グリゴル・ウムバルジャンとかれがつくった氷花柱に関する報告を聞いてもらわなくちゃね」

「芸術作品に関して考えたい気分ではない……いずれにせよ、いまは」と、ローダンは答えた。

「けど……!」と、グッキーはいいかけたが、ヴィジフォン機器が音をたてたので、不機嫌に口をつぐんだ。

ペリー・ローダンはブロック・スイッチを使って装置を作動させる。スクリーンにうつったジュリアン・ティフラーの上半身を見て、からだがこわばったが、ティフラーの肩ごしにスヒンドラ教授の顔が見えたのでほっとする。古くからの友は、逃げだしたのではなく、ハンザ・クリニックにいたのだ。

「ハロー、ペリー!」ティフラーの声には疲労があらわれているようで、顔を見るとますますその印象が強くなる。「わたしをいまも弁護してくれますか?」

　ローダンは、深く大きな音をたてて息を吸いこんだ。

「そうじゃないとでも思っていたのか、ティフ？　きみがなにをしたか、なにをするか、そんなことはわれわれの友情になんの関係もない。ぐあいはどうだ？」

　ティフラーは痛々しい笑みを浮かべ、

「わたしはセト＝アポフィスの工作員だと思われています、ペリー。そう思われるのは、無理からぬことですが、そうではありません」

「ということは、きみはまだ、活性化されていないのだ」ローダンはほっとする。「だが、自分がなにをやったか、おぼえていないのだろう？」

「しっかりおぼえていますとも、ペリー」こんどは、なんともいいようのない笑みがかすめた。「しかし、いまはまだ説明するときではありません。ただわたしを解放して、また職務につかせていただきたいのです」

　ローダンはわずかに疑いのしぐさをすることで、軽はずみなことはいっさいいわぬという考えをしめした。

「そのどちらに対しても、わたしには権限がないのだ、ティフ」と、慎重ないい方をする。「きみはいまハンザ司令部にいるが、公式には、ＬＦＴ政府の命令で、ＬＦＴ公安局の拘置下にある。だが、きみがセト＝アポフィスの手中にないことをわたしに納得させてくれさえすれば、その両方がかなうよう努力する」

「わたしはけっして、セト＝アポフィスの手中におちいってなどいません」と、ティフラー。「それとも、あなたが納得できるよう、まずはわたしがどういうやり方であれこれ細工をしたのか、列挙すべきですか？　ともかく、超越知性体の休眠工作員が、不活性化されたあとには活性期の行動をおぼえていないということは、ご存じですよね」

「ああ、これまではそうだった」

「ではあなたは、セト＝アポフィスがあらたな方策を開発したかもしれないと考えているわけですね。しかし、だとすれば、それは超越知性体にとってむしろ都合が悪い方策では……工作員が活性期のことをおぼえていないほうが、好都合なのですから」

「それは認めるが」ローダンは不快げにいう。「ティフ、われわれはみな、きみを助けたいと考えている。だが、われわれには、ＬＦＴやハンザの安全を第一に考えなければならない責任がある」

ティフラーはうなずく。

「つまり、あなたはわたしを保安面でのリスクだと考えている、ペリー。しかし、わたしが実際にハンザやＬＦＴの安全を損ないましたか？」突然、甲高《かんだか》い笑い声をあげた。「あなたたちは全員、正しく考えられていない！」

友は連れていかれた……おだやかながらも有無《うむ》をいわせないようすで。それを目《ま》のあたりにしたペリー・ローダンは、うなだれた。無力感に打ちのめされる。

グッキーが鋭い口笛を鳴らしたとき、ローダンはふたたびしゃんとした。

「わたしも感じた！」フェルマー・ロイドが高揚した大きな声で、「ブリーだ！ペリー、ブリーがきます！」

その声で、ローダンはシートから跳びあがった。

「ブリーだと？　どこだ？　どこからくる？」

「すぐ近くの転送室だよ」と、イルト。「だから捜索コマンドもいままで見つけられなかったんだ」

ローダンはかぶりを振る。

「ハンザ司令部内のどの転送コンピュータも、責任者の承認がないかぎり、受け入れ部のスイッチをオンにすることはない。そのためには、ブリーはまずヴィジフォンかテレカムで要請しなければならなかったはずだし……要請があれば、すぐにわれわれに通達されたはずだ」

「けど……」と、グッキーはいいかけたが、扉が開いたので押し黙った。

「ただいま！」レジナルド・ブルは屈託なくいった。だが、左足はひきずっているし、右頬には痛々しいまでの赤い火傷《やけど》のあとがあり、右袖はずたずたにちぎれていて、無頓着な登場のしかたが嘘であるとわかる。

ローダンはブリーに駆けより、両手を握って心配げにじっくり見て、

「案じていたぞ、ブリー」と、安堵していう。「負傷してるじゃないか。医療ロボットを呼ぼう。ほかになにか必要なものはないか？　バーボンはどうだ？」

「バーボン、いいですな」ブリーはにんまりする。「ですが、医療ロボットはちょっと待ってもらえますか。いくつかすり傷があるだけで、ほかはどうということありませんので」

　ローダンはブリーをシートに導く。グッキーはテレキネシスでバーキャビネットを開けて、大きなウィスキー・グラスにバーボンをなみなみとそそぎ、ブルの手がとどく範囲に浮遊させた。

　ブルはそれをいっきに飲みほし、ため息をついて、

「またここにもどれてうれしいよ！　ティフのようすはどうだ？」

「まああですね」ロイドが答えた。「いまはあなたのことがいちばんの心配でしたよ、ブリー。どこにいたのです？」

　またもやローダンのヴィジフォンが音をたてた。同時にスクリーンがまたたき、緊急警報が鳴った。

　ローダンが装置を作動すると、スクリーン上にデイトンがあらわれて、叫ぶ。

「ハンザ司令部に異人です！　自動監視装置が、あなたがたのごく近くで転送機の不正作動を記録しました」

「わたしが異人だ」ブルがそういい、ヴィジフォンの視界にはいるよう身を乗りだした。

「ブリー！　よかった！」デイトンは思わず叫んでから、額にしわをよせ、「しかし、あなたは警報を回避するコード送信機を使っていませんよね。それなのに転送機が作動したってことは……なにかの操作によるものとしか考えられない」

「だれかがわたしを送りだしたんだ」レジナルド・ブルはいう。「転送機を調査してもらいたい」

「もちろんです」デイトンはそういうと接続を切った。

「どこにいたのだ、ブリー？」と、ローダン。

「グッキーとフェルマーに探らせてください」と、ブル。「具体的なことを思いだすには、あまりに混乱していまして」

イルトとロイドは数分間集中し、また緊張を解いた。

「ヒュプノの影響下にいたね、ブリー」と、ネズミ＝ビーバー。「なごりしか認識できないけど、たしかだ」

「おそらく、尋問されています」ロイドがつけくわえる。「暗示の影響も残存していますが、根本的なところはあとからすべて消されたようです」

「探りだせたのはそれだけか？」ペリー・ローダンがきく。

ロイドとグッキーはうなずいた。

「残念ながら、わたしもそれ以上のことはわかりません」と、ブル。「ガルのところへ行こうとしているときでした。いきなりなにかにつかまれ、おそらく麻酔をかけられたものと。ハンザ司令部から連れだされた記憶がありませんので。

どれくらい時間がたったのかわかりませんが、意識をとりもどしたときには、霧でいっぱいのせまい空間にいました。話しかけられましたが、それがなんなのかわかりません。何者あるいは何物が話しかけているのか、見えませんでした。そのあとのことも記憶がありません……いきなり転送室に立っていまして、自分がどこにいるのかと思って壁の表示を見たのです」

ローダンは心配げにうなずく。

「そしておそらく、いつかはわからぬが、暗示で植えつけられた命令を実行するのだろう……ティフのように」

「だったら、わたしを監禁しなければなりませんぜ、ペリー」

「それはしたくない」と、ローダン。「だが、災《わざわ》いをひきおこすことのないよう、ただちにすべての足どりを監視させる。残念だが、でぶ」

「わたしがいちばん残念です」ブルは心からいい、あきらめるしかないという笑みを見せた。「近々テラニア・シティのいかがわしいナイトライフにくりだすつもりでいたのに、できなくなったわけですからな」

8

ライシャ・テュレクは《ブルート二四》をテラ周回軌道に乗せ、アルファ・コードを発信した。コード・シグナルは直接、テラニア宇宙港発着監視センターの主ポジトロニクスにとどく。

数秒後には、船内ハイパーカムのスクリーンが明るくなり、百五十歳ほどの黒髪の男の姿がうつる。シックな制服の左胸につけられた名札には、テラニア宇宙港管制主任、ラウル・ミュラーとある。

「ハロー！」男はいう。「アルファ・コードをチェックし、問題なしと確認されました。積み荷はなんですか？」

「こちら、培養プラズマ輸送船《ブルート二四》の船長ライシャ・テュレク」と、ライシャは申告する。「積み荷は、二百の太陽の星の中央プラズマが産する、生きた細胞プラズマ二十七万八千トン。テラニアにあるLFTの中央プラズマ供給所に納入予定です。温度・湿度調整したプラズマ用培養液は三十七時間しか効力がないので、すみやかな荷おろしの必要があります。いいかしら、ラウル？」

　ラウル・ミュラーはほほえみながら、

「了解しました、かわい子ちゃん。今晩なにか予定は？」

「あるわよ。あなたとじゃないけど、かわいい坊や」言葉からとげをとるため、ライシャは笑う。「でもご心配なく。あすも《ブルート二七》がくるんだけど、やっぱり女の船長だから」

　ミュラーはやや苦々しく笑いながら、

「彼女もきみみたいにきれいかな……？」

「わたしたち、彼女のことをいつも〝ディーパ・リオルダンの生まれ変わり〟って呼んでいるわ」ライシャは笑いを押し殺していった。「これで返事になる？」

「残念だが、ならない」

「だったらあなたのかわりにターミナル経由で、そのことがわかる『テラニア百科事典』の抜粋を申しこんであげるわね。そのレディは旧暦三十六世紀まで活躍した、いわゆる宙賊と呼ばれる利益団体の女首領でね、ほんとうに愛すべき人よ」

　ラウル・ミュラーは熱心にうなずく。

「わかった、ライシャ。ありがとう。わたしからもとびきり親切な誘導シグナルを送るよ……だいたい四分後」

「ありがとう、以上！」ハイパーカムのスイッチを切ったあと、ライシャはぷっと吹きだしてしまった。「そのティーパ・リオルダンって、ほんとうにそんなにきれいだったんですか？」彼女の背後でちいさくて聞きとりにくい声がした。

ライシャは成型シートごと百八十度回転し、人間の姿で立っているマット・ウィリーを見る。

「あなたはだれ？」

「クラニツェルです」ウィリーはそう答えて、有柄眼を船長に向け、「わたしを見て、いまだにベルドラッチやハンキーダンクとの区別がつきませんか、ライシャ？」

「あなたたちがそれぞれ、なにかの姿に固定されていれば、区別できるんだけど、クラニツェル」ライシャは友好的に答えた。マット・ウィリーに対しては友好的にならずにいられない。かれらは愛すべき親切な生物で、二百の太陽の星の細胞プラズマにとって、想像しうる最良の保護者だ。自分たちを〝赤ん坊のナース〟と呼び……ゆだねられたプラズマを、ほんもののナースのように、愛情をかけ心をこめて世話をする。

「われわれは非常に個人主義的なところがありますからね」と、クラニツェル。「それはそれとして、わたしの質問にまだ答えてもらってませんよ」

「ティーパ・リオルダンがきれいだったかどうかってことね？」ライシャはまたもや笑

わずにはいられなかった。「彼女はお年を召してから細胞活性装置を手にいれたんだけど、小柄で痩せこけ、骨ばっていて、ほんものの魔女だったわ。男たちには水死体みたいに思われていた」

「おお！」と、クラニツェル。

警告音がしたので、ライシャはシートを回転させてもとにもどし、

「おしゃべりはおしまいよ、クラニツェル！　誘導ビームがきたから、船をつけなきゃ。クリンチ、所定の位置について！」

「向かってます」と、明るい声がした。

司令室のうしろから、体高が百二十センチメートルしかないロボットがよたよた歩いてくる。ヒューゴーX＝7型で、ライシャの個人用ロボットだ。上司の許可を得て、すべての船内作業用にプログラミングされ、以来、彼女の飛行にはつねに同行している。

クリンチは船内監視装置の操作盤の前のシートに、のろのろとよじのぼっていく。発着時には、貨物室内の重力や酸素供給ならびに環境条件を一定にたもたなければならないからだ。ブルート船は全自動制御なので、クリンチがなにかする必要はないのだが。

エネルギー性着陸システムに捕捉され、用意された着陸床にソフトランディングするまで、ライシャ・テュレクは誘導ビームにしたがっていつもどおりに操船した。

「コーヒーを一杯飲めるとうれしいな、クリンチ」ライシャはそういって、いつもせわ

しない活動が営まれている宇宙港のようすを見まわした。ありとあらゆる種類の宇宙船……とはいっても、おおむね宇宙ハンザの楔型《くさびがた》宇宙船だが……が、テラの首都宇宙港の広大なエリアにひっきりなしに発着する。それだけに荷の積みかえ規模も大きく、自動で積み荷のあげおろしをする船でひしめいていた。

クリンチはシートから滑りおりると、よたよたと調理室に向かう。一方、女船長は特殊グライダーの到着を待っていた。その機内には完璧に温度調整され、新鮮な空気と栄養が供給される容器があり、そこに高価な細胞プラズマを収容するのだ。プラズマは高濃度の状態で、生体ポジトロニクスおよびハイパーインポトロニクスの生物知性コンポーネントとして使われることが決まっている。

大型グライダー一機が船のそばにとまったとき、ライシャはプラズマを担当する役所の査察官が乗っているものと考えた。かれらは、知性体が最適の輸送条件下にあるか確認するため、ぬきうちでプラズマ輸送船をチェックするのだ。

ライシャは人員用エアロックを開けて、査察官がエアロック・インターカムから呼びかけてくるのを待った。関係者以外立入禁止の封鎖フィールドを開けてほしいと依頼されるはず。

が、だれもなにもいってこなかったので、それ以上そのことはもう考えなかった。査察官を船内の全キャビンに案内し、山のような質問に答えるのは、できるものならしたくないということ。

ちょうどクリンチがコーヒーを出そうとしたとき、インターカムが音をたて、スクリーンがまたたき、だれかが早急にライシャと話したがっているとわかった。

やっと査察官から連絡がきたのかと考え、ライシャは装置のスイッチをいれたが、驚いたことに、そこにいたのは人ではなく、大きなゼリー状の物体だった。はげしく揺れている。

女船長は暗い予感に襲われ、心配そうに身をかがめ、

「ベルドラッチかハンキーダンク！」と、鋭くいう。「なにがあったの？　話せる？」

スクリーンにうつっているマット・ウィリーがとうとうかたちを失い、クラゲのようになる。それから口のようなものをつくりだし、それがはげしく動いた。

「助けて！　助けて！」ライシャはなんとかそう読みとった。「赤ちゃんが！」

ライシャはぎょっとし、

「プラズマになにかあったの？」と、せきたてる。「なにかいってよ！　なんにもわからなくて、どうして助けられるというの？」

マット・ウィリーはさらにはげしく揺れながら、早口でなにかまくしたてたが、インターコスモではなかった。

「助けて！」突然、ライシャのすぐ隣りにいたクラニツェルが金切り声をあげた。「な

にか不気味なものが、われわれの赤ちゃんをさらったのです！」

女船長はすぐさま反応した。緊急閉鎖用の赤く光る制御プレートをこぶしでたたき、それがグリーンに変わったのを見てほっとする。すべてのエアロックが閉じ、遠隔操作でしっかりロックされたので、秘密コードを使わないかぎり開けられなくなったのだ。開けるためには、ライシャのコンソールからコード送信しなければならないということ。これで、だれひとり船内にはいれないし、船外に出ることもできない。

おのれの安全確保のために、ライシャ・テュレクはさらに司令室のハッチを封鎖した。それからインターカム監視装置のモニターのスイッチをいれた。もしほんとうに未知者が船内にいるのなら、モニターで確認しておかなければならない。

しかし、どのモニターにも、ふだんと変わらぬようすしかうつっていない。船内設備や、培養液につかった細胞プラズマが収容されている貨物室。

興奮したマット・ウィリーが一体ずつ見えるふたつのモニター以外は。

＊

ライシャは安堵のため息をつき、クラニツェルにいった。

「あなたの友は思いちがいをしたようね。船内のどこにも、プラズマを盗めそうな者はいないわ」

そのあと、かすかなすすり泣きが聞こえ、彼女はマット・ウィリーのほうを振りかえった。マット・ウィリーはボールのようにまるくなることで、たしかなシグナルを発していた。ひどいショックをうけて、おかれた状況にもう耐えられないと考え、身を閉ざしたのだ。

このことがライシャを考えさせた。マット・ウィリーは過剰に神経質になり、用心深くなってはいるが、絶対的に信頼できる。かれらは現実的な要因なくして、ショックをうけたりしない。

「宇宙港管理局に警告を出すしかないわ」彼女は、コーヒーをのせたお盆を高く持ちあげているクリンチにいった。「わたしが物笑いの種になるかどうかは問題じゃない」

「ですが、コーヒーが、ライシャ!」ロボットが悲しげに抗議する。

「自分で飲んで!」ライシャはどなりつけた。

映像通話システムのスイッチをいれ、宇宙港管理局につなぐと、

「わたしのウィリーが、船内で、細胞プラズマを盗もうとしていると思われる未知者を探知しました。緊急ロックをかけたので逃走はできませんが、侵入者を捕まえるために助けが必要です」

「どの船ですか?」スクリーン上の制服の男がきく。

「《ブルート二一四》、着陸場所は……わからない」

「こちらで調べます」と、男が保証する。「侵入者はテラナーですか、あるいは、ちがう種族に属しますか？」

「それもわからない」

「船内監視装置のスイッチをいれていないのですか？」

「まさか。でも、モニターにはなにも見えません」

「なるほど！　なにも見えないってことは、なにもないいんじゃないですか？」

「責任を持っていいますが、わたしのウィリーの勘は鋭いのよ。それに、細胞プラズマの安全がなによりも重要でしょう」

「もちろんです。非常に高価ですから」

「そうじゃなく、知性体だからよ！」ライシャは怒りにまかせて大声を出した。「助けてもらえるの、それとも、もらえないの？」

宇宙港管理局の男は深く息をつき、

「グライダーを一機、派遣しましょう……あなたを安心させるために」

警報が鳴ったので、ライシャはぎくりとした。制御盤を見て、理由がわかった。細胞プラズマの搬出入用口の前にある、コード化してロックしたハッチが開いているのだ。

船の重量表示計を見ると、わずかずつではあるが、総重量が減りつづけている。

「何者かがロックしたハッチをこじあけて、船からプラズマを汲みだしているわ！」驚愕のあまり叫んだ。

「司令室にとどまるように！」宇宙港管理局の男はいう。「貴船を包囲しますから」

ライシャはうなずくが、もう司令室にとどまろうとは考えていない。いまや、自分にまかされた細胞プラズマが危機に瀕しているのだ。

監視用のサブスクリーンを見て、たったいままで推測だったことが確信に変わった。破壊された荷おろし用のハッチと、査察官が乗っていると勘ちがいした大型グライダーのあいだに、透明なプラスティック・チューブが身をくねらせており……人間ひとりぶんの太さがあるその内部を、黒褐色のプラズマ塊が脈動していた。

盗人はプラズマをグライダーに汲みあげているのだ。用途にしたがった特殊仕様機にちがいない。盗人の姿は見えないから、まだ船内にとどまっているはず。

ライシャ・テュレクは司令室のハッチを解錠し、パラライザーをおさめた武器ベルトをつかむと、司令室から走りだしながら腰につけた。盗人を追いつめて捕まえると決心したのだ。細胞プラズマがどの搬出入用口から汲みだされているかわかっていたので、当該ポンプステーションに行けばいいだけのこと。

主軸リフトで下に浮遊していくあいだに、ポンプステーション内部を表示するモニターに盗人がうつっていなかったことに気づいた。しかし、あらかじめなにも起こっていないキャビンを撮影しておいて、その映像を流したのかもしれない。モニターにうつるのは現在の状況ではなく、録画ということになる。

つまり、モニターになにもうつっていないことから、盗人がしっかり時間をかけて準備したとわかる。それがライシャには、なおのこと腹だたしい。

ポンプステーションについたときには、心臓が喉から飛びだしそうだった。いままで犯罪者にかかわったことはない。とりおさえられると思ったら、相手はすぐに暴力的な反応をしめすものなのだろうか。

それでもためらわない。右手でパラライザーをいつでも発射できるようにかまえながら、左手をハッチのサーモ・ロックに置いた。

ハッチは音もなく開く。目前に、ちいさなポンプステーションが明るく照らされている。だが、なかのプラズマ用ポンプは作動していなかった。ライシャは室内に突入した。盗人は逃げたのだ。そうでなかったら、ポンプのスイッチが切れているわけがない……と、思いつつも、あたりを見まわした。

ほんとうに室内は空っぽだ。ライシャは走って搬送ベルトに乗り、もよりの人員用ハッチにつながる反重力シャフトに急いだ。閉じたエアロックの前に立って、ようやく思いいたる。コード化して施錠したハッチは、自分のコンソールからしか解除できない。

どうすることもできない怒りで、むせび泣いた。とはいえ、司令室を出る前に封鎖を解除したら、盗人は逃げだしていただろうから、どっちもどっちではある。

しかし、まちがいなく盗人は逃げだしたのだ。

ライシャは内側ハッチのサーモ・ロックに手を置いてみた……するとどうだろう、ハッチはスライドして開いたのだ。コード化した施錠も、盗人にはなんの障害にもならなかったということ。

ライシャはエアロック内に走りこみ……外側ハッチが開くと、船外に通じる斜路に跳び乗った。

多数のグライダーが赤色灯をせわしなく光らせながら、ドアを開けたまま、着陸脚のあいだにとまっている。おびただしい数の武装要員が群がっていた。

盗人が乗ってきたグライダーの姿はない。

ライシャは失望と絶望のあまり、斜路の下端にすわりこみ、泣いた……

9

「われわれ、ブリーが送りだされた転送機を発見しました。受け入れ先はここハンザ司令部内、すぐ近くの転送室です」ガルブレイス・デイトンから報告がある。「テラニア・シティにあるゼルヴァ社の倉庫のなかにあり、まぎれもなく細工されていました。調査のため、ジェフリーがいまちょうどそこにいます」

「けっこうだ」と、ペリー・ローダン。「で、きみの調査チームは、猿たちの知能が上昇した件に関して、なにか原因をつきとめたか？」

ローダンはいま、デイトンやほかの側近とともに、ハンザ司令部の内部セクターにある執務室にいた。今回は深淵の騎士、ジェン・サリクも同席している。

デイトンが顔をしかめ、

「生体的な変化はありません、ペリー。遺伝子コードの検査結果も陰性です。実際、猿たちは以前とくらべて知能指数が高くなっているわけではありません。それにもかかわらず、多くはテストの半数でIQ一一〇に達し、のこりの半数では一〇〇以下でした。

心理学者たちは謎に直面しています」

「火のないところに煙はたたぬ、ですぜ」レジナルド・ブルが口をはさむ。いまはもう誘拐事件から完全にたちなおっている。

「いずれにせよ、IQ一一〇は、現代の平均値一三〇以下です」と、ジェン・サリク。

「そこのところがなぐさめですね。脳波活動が外的刺激によって促進された可能性を検査しましたか、ガル？」

ガルブレイス・デイトンはうなずく。

「脳波活動は以前の検査とくらべて、平均的に三十パーセント上昇している。このことと基礎代謝や体温の全体的な上昇は、外的刺激によるものだと推測できるのだが、これまでのところ、問題になりそうな刺激の根源を発見することはできていない」

「ほら！」グッキーが思わずいう。「外的影響だろ！　ぼかあ、さっきからそれをいいたかったんだ、ペリー。グリゴル・ウムバルジャンと話してわかったんだけど、高いレベルで考えたり天才的な芸術品をつくったりするかれの能力は、未知のファクターに起因するんだぜ」

「なぜそのことをわたしにいわなかったのだ、グッキー？」ペリー・ローダンは驚く。

「だって、いおうとするたんびにいつだってなんかが起きるし……ぼくのいうこと聞く時間もなかったりとか」と、イルト。

「それは悪かった、ちび」ローダンはきまり悪そうに、「時間をつくらなければならなかったのにな。で、猿たちの知能が上昇したことにも、その未知ファクターが関与したと考えているのだな？」

「それと、予言的な発言をする植物の能力にも」グッキーは答える。

「すごいな！」アラスカ・シェーデレーアだ。「ところで、ほかにもまだそういう、平均値を予想外にこえた創造性の例はあるのですか、ガル？」

「ああ。そういう例も調べた、アラスカ」と、デイトン。「時代に先んじすぎて、技術基盤がともなわず、実用化が叶わないような発明がたくさんあった。そういうことはいつの時代にもあるが、こういう規模で起こったことはない……それに、数週間前までその発明家たちには、その種の天才的な創造性を発展させるのではないかという期待をいだかせるものはなかった。大多数が平均的なタイプの人間たちで、ついでにいうと、ほとんどは非常に内向的だ」

「そのため、長時間あれこれ考えるにはうってつけというわけだな」と、フェルマー・ロイドがいった。

「なにが、かれらの突然の能力発揮にかかわっているというのか？」デイトンがいらいらしながら、「あれこれ考えるだけでは、独創性は生まれない」

ロイドは肩をすくめ、

「ま、たまたま思いついたのだろう、ガル」

「直観だ」ジェン・サリクが言葉をはさむ。「ひょっとすると、われわれ、これまで以上に直観を働かせるべきなのではないでしょうか。コンピュータに問いを入力し、答えを凝視するのではなくて。通常のコンピュータに直観力はありませんが、われわれ人間にはあるのですから」

「あんたたち人間だけじゃないよ、深淵の騎士」ネズミ＝ビーバーがぶつくさいう。

ローダンがなにかいおうとしたが、ヴィジフォンの音に阻止される。装置のスイッチをいれ、スクリーンにジュリアン・ティフラーの映像がうつると、そちらに注意を向けた。

「ハロー、ティフ！」首席テラナーの運命に対する同情などおくびにも出さず、友好的に、「ぐあいはどうだ？」

「あなたとの通話が許されましたので、ペリー」と、ティフラー。「心理学者たちによれば、わたしはまったく正常だと。それなのになぜ、わたしはいまだに閉じこめられたままなのか、説明していただけますか？」

ペリー・ローダンは答えようと口を開くが、べつのヴィジフォン機器が鳴った。ブルがスイッチをいれると、スクリーンに中年女性の姿がうつった。テラニア宇宙港管理局職員の制服を着ている。

「まあ、レジナルド！」女は驚いたように声をあげた。「ジュリアンが治療中なので、ペリーと話したかったのですが。わたしは、テルツィ・ウィロー、テラニア宇宙港の管理局長です」

「ペリーもここにいる、テルツィ」ブルはそういうと、装置の向きを変えて、ローダンがヴィジフォンにうつるようにした。

「ハロー？」と、ローダンはためらいがちに、「ご用件の向きは？」

テルツィ・ウィローは眉をひそめる。ローダンが話したような古めかしい表現方法を、どうやら知らなかったようだ。

「そんなていねいにいわれても……じつは、《ブルート二四》が積んできた細胞プラズマおよそ半トンの盗難を、部下が阻止できませんでした、ペリー」

「二百の太陽の星の細胞プラズマが盗まれた？」ローダンは確認し、女がうなずくのを見て、さらにたずねた。「なぜ、そんなことができたのか？　権限のない者はブルート船にはいれないはず」

「さまざまな状況が重なって」と、テルツィ・ウィロー。「まず最初に、グライダー一機が船の近くに停止したとき、船長が人員用エアロックを開けたのです。彼女は、査察官が来船したのだと思ったわけで。もちろんエネルギー封鎖を講じましたが、盗人にはなんの障壁にもなりませんでした。

次に、われわれは盗人が不可視であったことを前提にしなければなりません。そうい
う例はいくらもあります」

「ちょっと待ってくれ!」ローダンが相手の発言をさえぎる。「盗人がデフレクターを
使っていたといいたいのだろうか?」

「ちがいます」と、テルツィは、「エアロックのセンサーがデフレクターのエネルギー
放出を測定していませんので、盗人はほかの方法で不可視になったにちがいないと。も
しかしたら、《ブルート二四》船のマット・ウィリー二体が感じたといっているエネル
ギー放射が関係しているかもしれません」

「どういう種類の放射なのだ?」ジュリアン・ティフラーが割ってはいった。

「その声は首席テラナーではありませんか!」テルツィはあっけにとられ、「ハンザ・
クリニックに入院中かと思っていました」

「隔離検査があって、まだクリニックにとどまっている」ティフラーが返答する前にロ
ーダンがいった。「ヴィジフォンを介して、われわれの会議に参加しているのだ」

「そうでしたか! さっきの話にもどりますが、残念ながらウィリーからは、それ以上
のことは聞きだせませんでした。二体ともいまだショック症状が深刻でして。ともかく、
いまのところ証言からわかっているのは、盗まれたプラズマ輸送に使用されたグライダ
ーが、技術的なバクテリア培養物輸送用の環境調整タンクをそなえた特殊仕様機だった

ことです。ゼルヴォという社名表記がありました」

「ゼルヴォだって！」デイトンが思わず、「またこの会社か！」

「どういう企業なのですか？」ジェン・サリクがたずねる。

「企業ではなく、通商団体だ。テラニアの全都市に支社がある」と、デイトン。「考えうるすべての半製品を買い集め、工場からの注文リストにしたがって製品に加工する。それらがふたたび、製造工程で使用されるのだ」

「テラニア・シティにある本社を知っている」アラスカ・シェーデレーアはそういうと立ちあがった。「ペリー、行ってみたいと思うのですが。ひょっとするとすべての件にかかわっているかもしれません」

「わかった」ローダンは転送障害者をはげますようにうなずき、「たのんだぞ、アラスカ！」

「首席テラナーかあなたに知らせることが重要だと、わたしは考えたのです」シェーデレーアが部屋を立ちさってから、テルツィ・ウィローは、「培養した二百の太陽の星の細胞プラズマを使えば、かなりのことができます。きわめて恐ろしい影響がひきおこされることも。犯罪組織の手に落ちたなら……」

ローダンは青ざめた。

「いいたいことはわかった。宇宙ハンザを介入させ、宇宙港管理局および市公安局の追跡活動を支援しよう。ありがとう、テルツィ」

＊

「それにしても、ここのところなにもかもが、あなたの肩にかかってきていますな」レジナルド・ブルが思いやりのある言葉をかける。

「わたしのところにもです」ジュリアン・ティフラーが割ってはいり、間接的に同席していることを出席者に思いおこさせた。

「なにか提案でも、ティフ?」ローダンがたずねた。これからだってずっと仲間だということを友にしめすためなら、あらゆる手段をつくすつもりだ。

ティフラーが不可解な笑みを浮かべる。

「ええ、ペリー。ですが、ヴィジフォン・ネットワークには信頼がおけません。盗聴される恐れのない、あなたの執務室で話したいと思います」

「どういうつもりか?」ブルが大声を出す。

ローダンが手ぶりで制し、

「わかった、ティフ。クリニック長に話をつけ、グッキーを迎えにいかせる。時間をむだにしなくてすむ」

「そしてまた、わたしが転送機で逃げるのを防ぐことにもなりますな?」首席テラナーが応じた。

ローダンは返答のしようもなく、接続を切った。

ヴィジフォンがクリニック長とつながるのに数分間かかったが、患者をまちがいなく連れもどすからと納得させるのは数秒間ですんだ。

「じゃ、行ってくるね」と、ネズミ＝ビーバー。

「待て！」と、ローダン。アームバンド・テレカムが鋭い音をたてたのだ。「ネーサンが緊急度アルファで話したいということだ。重大事態が発生したにちがいない……しかも、まちがいなく、いいことではない。みんなもいっしょにきてもらいたい。グッキー、ティフを直接もよりのコンタクト・ルームに連れてきてくれ！」

一分後、ローダンは側近たちとともにハイパーカムの前に立っていた。スクリーンにはルナのハイパーインポトロニクスのシンボルが表示されている。グッキーとティフラーはかれらより先に到着していた。

「身元認証、問題ありません」ネーサンが月からいってくる。「高レベルの暗号化が必要です。コード・オメガを！」

コード・オメガは、ペリー・ローダン、首席テラナー、そして共通の側近のみが知っているもので、かれらの脳内にしかない。コード・オメガで暗号化された会話を盗聴しても、だれも解読できないだろう。意図して非論理的に構築されたコードなので、いかなるコンピュータにも算定できないのだ。

　ローダンは真剣な顔つきでコードを入力し、

「首席テラナーも同席してかまわないか、ネーサン？」

「かれの同意がなければ、わたしのレポートは不完全なものになります」ハイパーインポトロニクスは答える。「新銀河暦五年のこと。わたしは首席テラナーの要請で、ハンザ司令部主ポジトロニクスの特別保護ファイルを恒久的に監視し、特定データを呼びださないようにすると確約しました。そのため、首席テラナーが権限をあたえないかぎり、わたしが該当情報を明かすことはできません」

「権限をあたえる」ティフラーがいった。「というのも、いまきみがかかえている問題とこれが関連すると知る前に、そのテーマそのものを話題にしたかったからだ」

「ずいぶんと秘密めかしたいい方をしますね」と、ジェン・サリク。

「実際、機密事項なのだ」と、ティフラー。「これから知ることは部外者には洩らさないでほしい。話の内容を知れば、なぜそうお願いしたかすぐにわかると思う。さ、話してくれ、ネーサン！」

「まず、機密ではない情報から」と、ネーサン。「数分前、先ほど言及したデータのはいった記憶バンクから、キウープおよびヴィールス・インペリウムに関する内容がすべて消えてしまいました。秘密裡《ひみつり》に抹消されたと思われます」

「それなら、そらでいえる」ガルブレイス・デイトンはいった。

「わたしはその記憶バンクを管理していたので、コピイを保存してあります」と、ネーサン。「さらに、遺伝子戦争関連データのコピイも。それも同様に消えていたのです。これらを抹消した人物は……おそらくその前にコピイしたと思われますが……両方のデータ群に関連を見ていたと考えるのが理にかなっています」

「遺伝子戦争とは？」ローダンは唖然とする。

「まさにそれが機密事項なのです」ティフラーが笑みを浮かべていう。「わたしは当時、それを〝引き出し〟にしまいこみ……つまり、記憶バンクにかくしました」

「どうやらきみは、遺伝学分野において相反する立場をとる二学派の争いのことをいっているのだな」と、ローダンが、「ほんものの戦争なら隠蔽《いんぺい》することなどできないだろうしな、ティフ」

「ま、そうですね。いくつもの都市全体や知性体が数百万人も抹殺されてしまう戦争だとしたら、そんなことはまずできないでしょう。さいわいなことに、二惑星がロケットでやりあう激烈な戦争にはいたりませんでした。しかし、わたしはネーサンの先まわりはしたくありませんので。さ、はじめてくれ、ネーサン！」

10

前史

新銀河暦五年、球状星団M－19に居住するアラスのカーツ・トロルーンが、エネルギー性拡散放射を出しながらゆっくり漂流するアステロイドを発見しました。

トロルーンは宇宙船でアステロイドに接近し、入口を発見し、内部に空洞を見つけたのです。そこには大規模なラボや、かれが知るものとは少々異なるハイパーインポトロニクス、実験用品保管庫がいくつかありました。さらには、明らかにエンジンや防衛装置とわかるユニットも見つかりました。

それらの装置は動いておらず、カーツ・トロルーンはその原因も見つけだします。装置につながったハイパーインポトロニクスが誤作動したため、安全回路が働き、接続がブロックされたのだと。

トロルーンがハイパーインポトロニクスをチェックした結果、誤作動の原因は、バイオポン・ブロック内にあるハイパートイクト伝導が、因果関係の原理原則にしたがって正確には働いていないからだとわかりました。つまり、ハイパートイクト伝導が起きるさいに、原因と結果の連鎖に変動があったのです。

アラスは誤作動の原因を調べるうち、ハイパーインポトロニクスの生体部分の細胞プラズマがヴィールスに感染していることを発見しました。

説明しておきますが、いわゆるハイパーインポトロニクスの細胞プラズマは、二百の太陽の星の中央プラズマやそこから培養した〝子供たち〟と同じタイプのもので、やはり密集した細胞核だけで構成されています。そのなかに埋めこまれた……あるいは、いまも埋めこまれている……のは完全な細胞で、まわりを流れる溶液から養分を摂取し、通常細胞のように分裂します。

プラズマ核は一定の時間が経過すると、近くの細胞に衝突して、みずからを固定し、下側で吻《ふん》のようなものを出すと、細胞膜を貫通し、この吻によって、デオキシヌクレオシド群で構成されている内容物を細胞質に注入するのです。

プラズマ細胞核の遺伝子コードによってこの内容物を植えつけられた細胞は、もはや自身の複製をつくることはできず、もっぱら細胞核を、つまりはプラズマを再生産することになります。

この新しいプラズマは、まず第一に、ハイパーインポトロニクスの生体部分の活動により使いはたされる細胞核を補います。第二に、いわゆる培養プロセスによって飛躍的に増加しうる細胞プラズマ塊の増加プロセスに役だちます。

人為的ミス

カーツ・トロルーンは、ある特定ヴィールスがプラズマの増殖細胞を襲って遺伝子コードを注入したことをつきとめました。これによって、強制的に同一ヴィールスが大量生産されることになり、ふたたびまたべつの細胞に襲いかかったのです。

かれはこのヴィールスを、鉱物のコバルトに由来する金属的基本構造ゆえに、コバルト・ヴィールスと名づけました。さらに、アステロイドの所有者がこのヴィールスを使って実験していたと推測したのです。そのさいの不注意から、一定量のコバルト・ヴィールスが "逃走" し、結果としてハイパーインポトロニクスの生体部分に感染したのだと。

カーツは、これまで自分もほかのアラスも知らなかったこのヴィールスを使って実験をおこない、拮抗薬（きっこうやく）を開発しようと考えました。コバルト・ヴィールス少量を発見したアステロイドから、実験用品保管庫のひとつをこっそり持ちだしたのです。

それがかれの第二のミスでした。保管庫も、そこにおさめられていたヴィールス容器も密閉されておらず、コバルト・ヴィールスがたえず漏れていたのですから。

第一のミスは、耐圧ヘルメットを開ける前に、アステロイド内の酸素・ヘリウム大気を徹底的に調査しなかったことです。呼吸することで、大気中にふくまれている塵状の放射性コバルトを吸いこむことになり、それと知らずに致死量の放射線を浴びてしまったのです。

放射能汚染でもう長く生きられないとわかったとき、カーツ・トロルーンは三つめのミスをおかしました。かれの故郷惑星アラロンには非常にきびしい安全規制があります。検疫のさい、密封されていない実験用品保管庫が見つかったら、コバルト・ヴィールスが防疫ステーションから漏れだすことのないよう、確実に処分されるでしょう。そこで、カーツはアラロンでコバルト・ヴィールスの研究をつづけ拮抗薬を探しもとめるのではなく、そういう安全規制のない惑星エルトルスを仕事場に選んだのです。新ヴィールス発見、およびその拮抗薬開発という研究者としての名声を、死ぬ前に得たかったためです。

ところが、かれの船には、エルトルスまでもつ充分なニューガス・ペレットがなかったので、"補給"できると知っていた手近な文明惑星に飛びました。それが惑星シガです。もちろんそこには、シガ星人の小型宇宙船用のちいさなニューガス・ペレットだけではなく、常時、通常規格のニューガス・ペレットも在庫があるので、体格のいい知性体の商船も〝給油〟できます。当時、楔型船はまだ改造中でした。

それからアラスはシガからエルトルスに飛びます。そこでバンガローを借り、最新の実験装置を設置させたのです。エルトルス人はとても歓迎しました。かれらはアラスの研究から医学分野の恩恵を得ることを望んでいたのです。

カーツ・トロルーンもほかの者たちも、シガやエルトルスでコバルト・ヴィールスがまきちらされたことなど、知るよしもありませんでした。こうして、不幸は必然的な経過をたどることとなりました。

カタストロフィ

エルトルスやほかのすべての植民惑星と同様、もともとの動植物相が入植者たちの故郷惑星と著しく異なるシガでは、植物の種子、家畜や野生動物の受精卵細胞を、持続的に輸入しています。

その理由は、こうした植民惑星では入植者の必要に応じて、種々のかぎられた動植物だけが秘密裡に繁殖・育成されるからです。その傾向はシガやエルトルスでとくに顕著で、入植者の世襲地が惑星環境を変えてしまいました。

こうなると、動植物の退化が進む危険がたえず生じます。それを防ぐために、遺伝的に新鮮なものを輸入して動植物に適合させ、定期的に良好な状態にもどすのです。もっとも、それらは新しい環境や入植者の需要に応じて……シガやエルトルスにおいてとりわけそうですが……遺伝子改良される必要があります。これは、全面的なコンピュータ化の時代にあって、もちろん高性能コンピュータの計算によりおこなわれています。

シガでもエルトルスでも、コバルト・ヴィールスは惑星の首都領域で漏れだしました。それが、すべてではないにしろ、そこで作動している高性能コンピュータの内部にはいりこみ、そのなかに組みいれられた細胞プラズマを襲ったのです。ヴィールスはそこに理想的な〝生活条件〟を見いだし、短い準備期間ののち、猛烈なスピードで増殖しました。

生体コンポーネントを持つすべてのコンピュータは、空調装置の排気を必要とします。これにより、コバルト・ヴィールスの一群が惑星大気中に拡散し、さらに多くのコンピュータ、さらには両惑星全体にひろがっていきました。

ヴィールス感染した高性能コンピュータは、因果律にしたがって正確に機能しなくなり、輸入された種子や受精卵細胞の遺伝子改良において計算ミスをしました。その結果、シガでは野菜や夏穀物が巨大化しました。これはほかの種族にはよろこばしいことかもしれませんが、ちいさいシガ星人にはカタストロフィを意味しました。かれら自身も収穫・加工機械も、巨大化した庭の果実や田畑の作物を収穫・加工することができないのですから。飢餓の脅威にさらされたのです。

エルトルスでは、コンピュータ誤作動の結果として、多くの昆虫の巨大化と家畜の微小化現象があらわれました。巨大昆虫群は森林と草原を食いつくし、いっぽうで豚、牛、鶏などはあまりにちいさく、中規模の一都市の需要すら満たすことができません。飢餓の危機があるのみならず、惑星の生態系が崩壊しかねない状態でした。

遺伝子戦争

エルトルス人とシガ星人のあいだには以前からずっと、〝愛憎定まらぬ〟といいあらわすのがもっとも適切な関係があります。両政府はその当時、かつての播種船《ボルテル＝サン》を共同改修する計画の賛否をめぐって頻繁に話しあいの場をもうけていたのですが、あっという間にどちら側にも、相手が共同事業をめちゃめちゃにするために遺伝子破壊工作をもくろんだのではないかという疑惑が生じました。

エルトルス人もシガ星人も、過去におけるこもごもの悲喜劇を恥じていたため、自分たちに降りかかった不幸な情報を外部に洩らさず、たがいに相手側には知られないようにしていました。だから、シガ星人はエルトルスのカタストロフィを知らず、その逆もまたしかりだったのです。

とはいえ、両者とも、業績と絶対的秘密厳守で定評のあるテラの民間調査会社に仕事を依頼しました。シガ星人がエルトルスで調査にあたる担当者に望んだのは、エルトルス人がしかけた遺伝子戦争に関する証拠集めで……逆もまたしかりでした。証拠が提出され次第ただちに、相手側の惑星を攻撃する手はずだったのです。

しかし、双方の苦境は増し、それとともに報復への欲求もはげしくなりました。そのため、エルトルス人もシガ星人も調査結果の報告をただ待つことはせず、報復用に病原菌を培養し、それをしこんだスプレーヘッドをそなえた長距離射程ロケットを用意しました。その病原菌は"敵惑星"の住民に疫病をはやらせるためのもので、菌の培養者が同時に開発した特効薬しか効果がありません。

ロケットは実際に発射され、有害な病原菌がシガとエルトルスの大気圏に放射されました。調査にあたった両担当者が遺伝子カタストロフィの謎を解き明かした時点では、ロケットはすでに双方の敵対する惑星に向かっている途上で、息づまるような事態になってしまったのです。

両者とも努力したにもかかわらず、ロケットを停止させることも自爆させることもできませんでした。ロケットの遠隔測定装置を調整するさいに計算まちがいがあったからなのですが、その原因もやはり、高性能コンピュータがコバルト・ヴィルスに感染していたためでした。

シガ星人やエルトルス人にとってさいわいなことに、報復病原菌の遺伝子構造を算出したコンピュータ・データにも欠陥があったのです。潰滅的な伝染病ではなく、一時的に流行するもののすぐ治る病気にすぎませんでした。

相手惑星に潰滅的な伝染病をひきおこすことを、双方がいわれもなく望んでいたというショックは、エルトルス人にとってもシガ星人にとってもひとしく大きかったとみえます。両陣営は深く恥じいり、そもそもたがいに憎みあう理由なんかないのだ、かつてシガ星人とエルトルス人はしばしば共同で汗を流しあい、大きな成功をもたらしたのだということを、また思いだしたのでした。

しかし、双方ともこの恥以上に、ほかの銀河系諸種族に恥ずべき遺伝子兄弟戦争を知られるのではないかという恐れのほうが大きかったのです。それはどちらも望むところではありませんでした。

そのため調査会社は、首席テラナーの援助をうけて、厳格な機密保持のもと、シガとエルトルスのあいだで障害となっている事態の調停をはかりました。さらには医療惑星タフンを介入させました。最高のヴィールス学者からなる委員会に宣誓させ、機密保持を義務づけたのち、シガとエルトルスに関する真実を伝え、コバルト・ヴィールスの研究をゆだねたのです。

タフンでは短期間のあいだに、次々と細胞プラズマに免疫をつけるためのワクチン、反合成酵素、ヴィールスを自滅させる方法が開発されました。エルトルスやシガのコバルト・ヴィールスがほかの惑星に持ちさられた可能性もあるので、ヴィールスによる切迫した脅威をかくしておくわけにはいきませんでした。そういうわけでタフンは、このヴィールスに注意するよう警告し、定期的にポジトロニクスのすべての生体プラズマ・コンポーネントを検査して感染していないか調べることを推奨し、充分な量の拮抗薬を自由に使わせました。

シガ星人やエルトルス人を、何世代にもわたって尾をひきかねないひどいトラウマにおちいらせないために、伝説がつくりあげられ、ひろめられました。不治の病にかかったアラスのカーツ・トロルーンが、自船からハイパーカム経由でタフンに警告を発したというものです。その結果、メド・センターの伝染病対策コマンドがトロルーンの船を収容したという話になりました……遺体、実験記録、コバルト・ヴィールスの培養菌まで、すべてをふくめて。

11

ルナのハイパーインポトロニクスが沈黙すると、出席者たちは見つめあい、それから、かれらの視線はジュリアン・ティフラーに向けられた。

ペリー・ローダンの口もとに晴れ晴れとした笑みが浮かぶ。

「ほんとうにいい仕事をしてくれた。一滴の血も流さないとはいえ、エルトルスとシガのあいだの戦争を、ここまで完璧にとりつくろうとは。いまわかったよ……なぜ多くのスプリンガーが、新銀河暦五年に、宇宙ハンザの行政法規が自分たちの不利益になると怒ったか。なぜきみがそれを断固としてしりぞけ、スプリンガー船の衛生管理の欠如を指摘したか」

首席テラナーがうなずき、

「当時、わたしがお膳だてしたのです……ハンザが在庫減らしの目的で、食糧品数百万トンを、銀河系の市場価格をはるかに下まわる値段で売りはらうと表明するように。さらには、エルトルス人やシガ星人がどうしても必要としている援助を、スプリンガーが横取りし法外な利益を乗せて売りぬけたりしないよう、手配しなければなりませんでした。

秘密が明らかにされてはならない以上、両惑星への供給を食糧援助とするわけにはいきません。いわゆる過剰在庫品を買い占めようとするスプリンガー船を徹底的に調べるよう指示を出すことで、かれらの介入を妨げるしか打てる手がありませんでした。調査コマンドを投入し、衛生管理規定をきわめて厳密に解釈して時間をかけさせたのです。被覆のはげたスプリンガー船はもよりのドックに送りこみ、もどってきたときにはもう過剰在庫品がなくなっていた、と、なるようにしくみました」

ブルがにやりとして、

「そのころティフは、かなりいろいろと工作活動をしなければならなかった。そのさい、いかにうまくコンピュータを操作するかを学んだというわけだな」

「この話はもうおしまいだ！」ローダンがやんわり非難する。「本質的な話題にもどろう！　われわれに提案したいことがひとつあったのだったな、ティフ。遺伝子戦争とかかわりのあることだと思うのだが。でなければ、この秘密をわれわれに明かしたりはしなかっただろう」

「そのとおりです」ティフが返答する。「遺伝子戦争におきましては、ヴィールスが重要な役割を演じました。それは球状星団から漂流してきたアステロイドで見つかり、そこでは明らかにヴィールスを使った実験がおこなわれていたのです。

カーツ・トロルーンは、アステロイドは放棄されたのだと思いました。惑星エルトルスのバンガローで見つかったかれの記録からいろいろわかったことがあるのですが、とりわけ気になるのは、アステロイドの格納庫が空っぽだったことです。

つまり、アステロイドの所有者は、コバルト・ヴィールスに感染したハイパーインポトロニクスの被害に精通しており、その情報をもとに拮抗薬をつくれるようななにかを調達したくて、一時的に立ちさったにすぎないと考えられます。

それがうまくいけば、アステロイドの推進力もまた機能して、旅をつづけることができたでしょう。

もし、かれの次の、あるいはその次の目的地が、太陽系だったとしたら？　たぶん、その未知者はヴィールスと……あるいはヴィールス・インペリウムと……かかわりのあるなにかを探している。いまやかれは、キューブに関して、われわれが知っていることすべてを知っています。キューブがヴィールス・インペリウムの一部を再建しようとしていることも。もし、未知者がヴィールス・インペリウムに関連するなにかを探しているとしたら、キューブがロクヴォルトからもどるやいなや、捕まえるでしょう。

それまで、行動を起こさずにいるとは思えません。ヴィールス・インペリウムや、テラでおこなわれたと考えられるヴィールス実験について調べるのでは」

「ちょっと待ってくれ！」ブルが大声で、「宇宙港のプラズマ泥棒とアステロイドの所有者が同一人物だという確信は、どこからくるのだ？　それに、データ泥棒とも同一者なのか？」

「プラズマ泥棒と同じ人物かどうか、わたしにはわかりません」ティフラーが認める。

「ですが、キウープやヴィールス・インペリウム、遺伝子戦争のデータを盗んだ者が、特別な手段を駆使できる未知知性体だということはわかります。そうでなければ、二重にガードのかかったデータを盗むことなどできません。それに、わたし以外に遺伝子戦争の情報を知っているのは、ほんのわずか……まず第一に、かれらは沈黙を守っています。第二に、当該データをけっして盗まないし、盗むこともできない」

ティフは悲しげに笑みを浮かべ、

「そして、わたしがやったということもありえません。あなたがたはわたしをセト＝アポフィスの工作員とみなしていますが、問題となっている時間、わたしは拘禁され……しかも四六時中、監視されていました」

「申しわけない、ティフ」と、ローダン。「しかし、われわれ、きみのおかしな行動がなにに起因するのかわからないかぎり、自由に歩かせるわけにはいかないのだ。きみの自由意志でなかったというのは、われわれみな、わかっている。自由意志を発揮できるときはわれわれの側に立つことを、きみはここでもしめした」

「ティフが事実から導いた結論は天才的だと思わないかい、ペリー?」無邪気な調子でグッキーがたずねる。

そのとき、ローダンはなにか思いついたように、

「天才……?」と、ゆっくりいう。「きみは、ティフがあの芸術家と同じだと……」

「まさにそれ」と、イルト。「それに、猿たちもね。ぼかあ、アステロイドからきた謎めいた異人になにもかも責任があると思うんだ。かれが大規模に人や動物を操作し、たぶん細胞プラズマを盗み、ヴィールス・インペリウムに関する情報を探しだそうとしてる」

「かれを見つけなければ」と、フェルマー・ロイド。

「おそらくかれはきみのことも操作した、ティフ」と、ペリー・ローダンは、「見つけたら、かれがおこなったすべての操作をとりけさせなければならない」

「アステロイドの手がかりを探してください! 太陽系にやってきたか、あるいは、かなり遠くから太陽系に近づいているのが観測されたかもしれません」と、ティフがいった。「おそらく数光年ほどの最後の航程を、もう一度ハイパー空間で進むと思われます。つまり、そうしないと航程があまりに長くなりすぎますし、きっとこっそりはいってこようとするでしょうから」

「長くなりすぎる……?」ローダンは考えながらくりかえした。「それを聞いて、べつ

のことを考えた。遺伝子戦争は四百二十年前のことで、一方、アステロイドの所有者はそのあいだ不在だった。当時かれがいたいけな幼児であったということはないから、いまテラにいるとしたら、すくなくとも四百五十歳といったところか」

「不死者ということですかい？」と、レジナルド・ブル。「ひょっとすると細胞活性装置保持者とか？」

「ことによると、セト＝アポフィスも自分のお気にいりにそれを授けたのかもしれませんね」ジェン・サリクが、ふくみのあるいい方をした。

「それにぼくたちの転送機や記憶バンクをたやすく操作する技術装備も」グッキーは一本牙をむきだしにしてそういうと、こぶしをまるめて胸をたたいた。「だけど、ぼくのことは操作しなかった！　スーパー知性体の技術手段など、どれもこれもぼくの能力にかかっちゃ、なんてことありゃしないのさ」

「おいおい！」ブルがいましめる。

「いずれにせよ、われわれ、貴重な手がかりをつかんだ」と、ローダン。「その点に関して、きみに感謝する、ティフ。われわれの技術装置とミュータントの連携で、幽霊工作員の捜索をすべきだと思う。わたしの執務室でそのことを協議しよう。グッキー、ティフをもとのところへ！」

ローダンはティフラーに手を振り、はげますようにうなずきかけた。

＊

キリ・マニカは驚愕した。はげしい空気の流れと同時に、ライトグリーンの衣服を身につけたちいさなからだが、テストしている構造体の反対側にあらわれたのだ。

次の瞬間、その姿がだれなのかわかり、

「グッキー！」

ネズミ＝ビーバーは一本牙をむきだして親しげに、

「いきなりあらわれてごめんね、キリ。だけど、時間にせきたてられていて、ヴィジフォンを使って約束するようなふつうのやり方をしていられなかったんだ」

キリはまたたく間に驚愕を克服した。伝説的存在のネズミ＝ビーバーと個人的に知りあえたというよろこびのほうが、うわまわったからだ。

彼女はスイッチ操作をしながら、

「個人的な理由でわたしを訪ねてくれたわけではないと思うのだけど、グッキー。作業を中断できなくてごめんなさいね、でも、このテスト、最後までやらないといけないの。全装置の構築とテスト中の遺伝子構造のマイクロ外科手術に、五日もかかったんですもの。どういうご用かしら？」

「アステロイドを探してるんだ」イルトはまじめに答えた。

「アステロイド？　だったら遺伝子外科医じゃなく、天文学者を訪ねるべきでは？」

「もちろん最後には天文学者のところに行くよ、キリ」グッキーはいう。「でも聞いておきたいんだ、テレパシーできみを詮索したくないから。そんなことしたら、プライバシーの領域に踏みこんでしまうかもしれないし、そういうのは緊急のときにしか許されてないからね。いま許されているのは、問題のアステロイドを探すことと、LFTの研究所で遺伝子外科医の助手をつとめてる数人の思考に、ちらっと触れることだけ。でね、そのとき、きみが考えてることのほんのちょっとした部分に触れちゃったんだ。アステロイドを見つけたけどすぐにまた見失ったっていう、だれかのことだった」

キリ・マニカの目が大きく見開かれた。

「アンディヤね！」テストする手がとまった。「かれのことをいってるんじゃない？」

「愛してるんでしょう？」イルトがたずねた。「きみの顔、よろこびで輝いてる……女神みたいにきれいだ」

キリの暗褐色の肌がすこしばかり色を増した。彼女は笑って、

「お世辞ばっかり！」しかし、非難めいてはいなかった。

「もっと話してもらえないかな……どう？」グッキーはたずねた。

キリがうなずく。

「婚約者のアンディヤ・クロトルは、ピドゥルタラーガラにあるバンダラナイケ天文台

の天文学者なの。かれが話してくれたのだけど、去年の十二月末に、直径が七十メートルほどの迷子アステロイドを見つけたそうよ。それは、球状星団Ｍ‐１９の方角から、太陽系に近づいてきたっていってたわ」

　グッキーは甲高い口笛を吹いたあと、すかさず無礼を詫び、たずねた。

「球状星団Ｍ‐１９の方角からっていったね、キリ？」

　キリはうなずいた。

「それこそぼくらが探してるアステロイドだ、お嬢さん！　これはめちゃくちゃ重要なことだからさ、きみの恋人がいるピルーグマに……うーん、ちくしょう、かんたんな名前さえおぼえられないよ！　どっちにしろ、ぼくら、すぐに行かなくっちゃ。テストつづける？　やめる？　それからいちばんいいのは、ペリーも連れていくことだ」

「ペリー・ローダン？　それならとても重要事だわ。テストは中断します」と、キリは装置のスイッチを切った。「あなたがきたのがきのうだったら、わたしたち、ヌレリアの病院に行かなきゃいけないところだった。アンディヤは、爆発した照明器具の破片を頭にうけたの」考えこむようなようすになり、「そういえば、サブリナがそのことを警告していたわ」

「サブリナって？」グッキーの顔が、さっぱりわからないという表情になる。

「かれのテングノハウチワ……ヤツデなの」と、キリ・マニカが説明する。「知っておいてほしいんだけど……」

「もうわかったよ」と、グッキー。「アンディヤは趣味でエモシオ・コミュニケーションを研究しているんだね。最近、この技術がずいぶん話題になっていた。用意はいい、キリ？」

「ちょっと待って、グッキー」遺伝子外科医は答える。「作業用上っぱりを着たままでは行けないわ」

＊

ペリー・ローダンはピドゥルタラーガラにある、技術の粋を集めてつくったタキオンフィールド望遠鏡の制御室を注意深く眺めまわし、敬意をこめてうなずき、

「こういうものをとりあつかえる者は、天文学の技法の真の魔術師にちがいない」と、光沢のある暗青色の髪をした、背が高くて肌の色が浅黒い男にいった。

「すべて、訓練と興味の問題にすぎません、ペリー」アンディヤ・クロトルはそう答え、キリ・マニカを見た。彼女はほんの一分前、ネズミ＝ビーバーや人類の歴史においてほとんど伝説としかいいようのない不死者といっしょに、虚無から制御室にあらわれたのだった。

「わたしたち、あなたのアステロイドのことできたの」と、キリ。「あなたが名づけた

クロトルのことでね」

「だけど、すぐに見失ってしまったんだよ」アンディャはきまり悪げにいう。「夕方に見つけて……翌朝にはもう、見つけられなかった」

「そういうことなら、それはわれわれが探しているアステロイドだ」と、ローダンがいう。「球状星団M－19の方角からきたというのはたしかだね？」

アンディヤ・クロトルはうなずく。

「きっとわたしがなにかへまをしたんです。アステロイドは軌道を変えたりはしませんから」

「エンジンが使えるとすれば話はべつだ」イルトがいった。「じゃ、そのアステロイドを探そうじゃないか、アンディヤ」

「準備はよろしいか？」と、ローダン。

「タキオンフィールド望遠鏡が、算出データをわれわれのコンピュータに転送してきました」と、天文学者が答えた。「エレクトロン図面を作成できますが、やりましょうか？」

ペリー・ローダンはうなずく。

ほどなくコンピュータの大型スクリーンに、エレクトロン加工で再現された、接近してくる球状のアステロイドがうつしだされた。映像は鮮明で、無数の細いラインさえ再現されている。それは細くて明るいネットのように、クロトルの表面をおおっていた。

「背景も見ることができるのか、アンディヤ?」ローダンがたずねる。

天文学者がスイッチを操作すると、アステロイドはすぐにちいさな点になって消え……背景にうつるへびつかい座の南に、球状の明るい恒星凝集域が見えた。その後方に、テラから見える天の川の帯が縞《しま》になってのびている。

「これがそうだ」ローダンは燃えるような目で、クロトルをあらわす点を見つめた。

「これが、すでに歴史をつくり、われわれの文明を根底から揺るがしかねないものを太陽系に持ちこんだアステロイドだ」

「太陽系に?」アンディヤがたずねた。

ローダンはうなずく。

「太陽系にもぐりこんでいるにちがいない。しかし、そうと知ったいま、これを見つけるために、われわれ、すべてを結集する……かならず見つけ、それによってあらたな危険を根底からとりのぞく」

あとがきにかえて

渡辺広佐

二月下旬、三泊四日の台湾旅行で、台北《タイペイ》とその郊外の九份《ジョウフェン》と十分《シーフェン》を訪れた。

九份は、日本統治時代には金鉱山で栄えていたが、しだいに採掘量が減少し、一九七一年の閉山後は寂れていた。それが、侯孝賢《ホウ・シャオシエン》監督の、それまではタブーであった二・二八事件を主要テーマとした『悲情城市』（一九八九年／ヴェネツィア映画祭金獅子賞受賞作）の舞台となり、映画が大成功したことで、そのノスタルジックな風景が見直され、以来人気の観光地になったとのこと。この機会にと、近くの〈ツタヤ〉できいてみると「レンタルはないようです」というので、DVDを買い求める。やや高価ではあったが、それだけの価値は充分にあった。

その後、宮崎アニメの『千と千尋の神隠し』（二〇〇一年）の油屋のモデル（のひとつ）といわれるようになったことから、台北近郊の観光地として、日本人旅行者にはますますはずせないところになっている。

私の参加したツアーではもともと滞在時間が短かったのと、雨のため到着が遅れたせいもあり、町を楽しむというより、「ああ、たしかにね」という確認程度の訪問に終わった。数年内にゆっくり再訪したいものだ。

さて、なぜ九份出発を急がねばならなかったのかといえば、その夜開催される十分での天燈上げに参加することが決まっていたからだ。雨で残念だと思っていたら、このあたりは雨の多い地域で、聞き違いでなければ、一年のうち二百八十日くらいが雨なのだそうだ。だから、たとえ火がついたまま天燈が落ちたとしても、山火事にならないとのこと。

要領の説明があり、その後、係員が天燈のなかの油紙に火をつけてまわる。私と妻は片足で天燈下部を踏み、両手でひろげるように上の四ヵ所を持ち、なかの空気が充分に暖まるまで待つ。係員の合図で、ふたりにひとつずつ与えられた天燈をいっせいに離すると思っていた以上のスピードで昇っていく。胸の高さくらいまである大きな天燈が、飛ばす者の願い事——われわれ夫婦は昨年十一月に生まれた初孫の健やかな成長を願った——を乗せ、何十個も雨の夜空に昇っていくさまは、とても感動的で、やはり今回の旅行のハイライトだった。

十分《シーフエン》の春霖《しゅんりん》衝きし天燈よ

それにしても、今年の台北は雨が多く、寒かったようだ。

帰国後たまたま『地球タクシー「台北を走る」』（ＮＨＫ）という番組があるのに気づき見ていると、取材中に雪が降ってきた。台北の平地に雪が降るのは、観測史上はじめてのことだそうだ。そのときのタクシー運転手（三十九歳）が、「これが雪か……まるで外国の景色だよ……おお、きれい」といい、「この気持ちなんだか初恋みたいだ」と、目を輝かせた。（ほかは中国語だが、「おお、きれい」のところだけ日本語でいった）

＊

四月十日。早朝に起き、六時三十五分から『ＮＨＫ俳句』という番組を見る。というのも、入選九句に選ばれていると知っていたから。過去に何度か投句したことがあり、自分が投句した回の放送は録画し、むりに決まっているとは思いつつも、淡い期待を抱いて見ていたものだが、もう、そういう期待を持つ必要がないのだとわかった。入選者には、事前に電話で知らせてくれるのだから。ついでに、名前の読み方、二重投句はしていないかなどの確認もある。

そうはいっても、実際に読みあげられるまでは、すこし緊張する。エッセイストで司会者の岸本葉子さんによって、六番めに拙句、

ジオラマの昭和の街や春ともし

が、読みあげられた。

選者の堀本裕樹さんが、「(……) 昭和の懐かしい街を再現したジオラマを春ともしが灯しているんですけども、ジオラマのなかにもちいさい家とか街灯とかがあって、そこにもね、ちっちゃい春ともしがあるような気がしたんですよ」ゲストの芸人で芥川賞作家の又吉直樹さんが大きくうなずく。堀本さんがつづけて、「そして、それを見ている作者も心に春ともしが灯っている、と……だから三つぐらい入れ子構造になって春ともしが見えてくるというのが……巧い句だなと思いましたね」

「それを見ている作者も心に春ともしが灯っている」というコメントを聞くなり、ジーンときて危うく目頭を抑えそうになった。

いっしょに見ていた妻がすかさず、「解釈が巧いね」

九句すべての発表が終わると、ゲストと司会者が特選句を一句ずつ予想するのだが、

嬉しいことに、司会の岸本さんが私の句を特選に予想してくれた。その後、選者の堀本さんが三席、二席、一席の順に発表していくことになる。

固唾《かたず》を呑んで聞いていると、いきなり私の名前が呼ばれた。拙句が三席に選ばれたのだ。

投句五千句以上のなかから、入選九句に選ばれ、すばらしい選評をしてもらっただけで望外の喜びなのに、特選三作品に選ばれるなど、もう、新年度早々、ありえないことが起こったというしかない。

そういえば、私は神社仏閣をよく訪れるほうだが、おみくじを引くことはめったにない。が、台北で行天宮《ぎょうてんぐう》にお参りしたおり、おみくじを引いた。まず作法にのっとり、三日月形の木片二個を使っておみくじを引いていいかをたずねる。引いてもいいというサインが出たので引いてみると、「上吉」だった。

やはり、ご利益《りやく》があったのか。

SFマガジン700【海外篇】

山岸 真・編

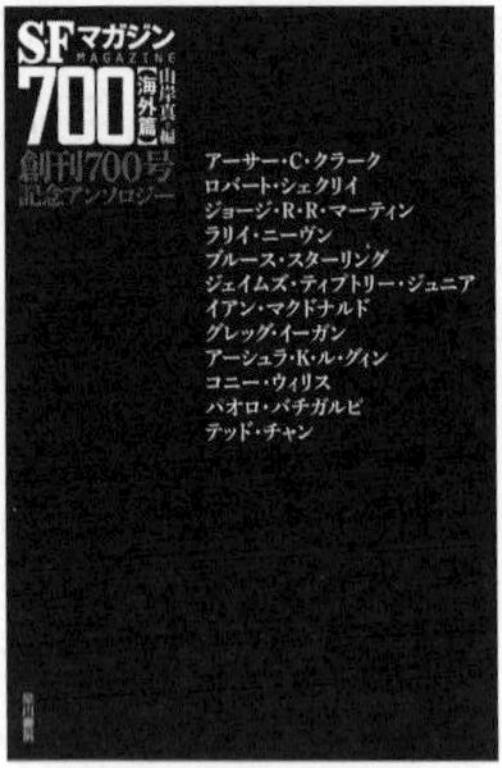

〈SFマガジン〉の創刊700号を記念する集大成的アンソロジー【海外篇】。黎明期の誌面を飾ったクラークら巨匠。ティプトリー、ル・グィン、マーティンら各年代を代表する作家たち。そして、現在SFの最先端であるイーガン、チャンまで作家12人の短篇を収録。オール短篇集初収録作品で贈る傑作選。

ハヤカワ文庫

SFマガジン700【国内篇】

大森望・編

SFマガジン MAGAZINE
700
創刊700号
記念アンソロジー

大森望=編
国内篇

手塚治虫
平井和正
伊藤典夫
松本零士
間章隆士
鈴木いづみ
貴志祐介
野尻抱介
神林長平
秋山瑞人
吾妻ひでお
桜坂洋
円城塔

早川書房

〈SFマガジン〉の創刊700号を記念したアンソロジー【国内篇】。平井和正、筒井康隆、鈴木いづみの傑作短篇、貴志祐介、神林長平、野尻抱介、秋山瑞人、桜坂洋、円城塔の書籍未収録短篇の小説計9篇のほか、手塚治虫、松本零士、吾妻ひでおのコミック3篇、伊藤典夫のエッセイ1篇を収録。

ハヤカワ文庫

訳者略歴　1950年生，中央大学大学院修了，中央大学文学部講師
訳書『兄弟団の謀略』クナイフェル&フォルツ（早川書房刊），『ファーブルの庭』アウアー他多数

HM=Hayakawa Mystery
SF=Science Fiction
JA=Japanese Author
NV=Novel
NF=Nonfiction
FT=Fantasy

宇宙英雄ローダン・シリーズ〈521〉

水宮殿《みずきゅうでん》の賢人《けんじん》

〈SF2068〉

二〇一六年五月　二十日　印刷
二〇一六年五月二十五日　発行
（定価はカバーに表示してあります）

著者　ウィリアム・フォルツ　H・G・エーヴェルス
訳者　渡《わた》辺《なべ》広《ひろ》佐《すけ》
発行者　早川　浩
発行所　株式会社　早川書房

郵便番号　一〇一 - 〇〇四六
東京都千代田区神田多町二ノ二
電話　〇三 - 三二五二 - 三一一一（大代表）
振替　〇〇一六〇 - 三 - 四七七九九
http://www.hayakawa-online.co.jp

乱丁・落丁本は小社制作部宛お送り下さい。
送料小社負担にてお取りかえいたします。

印刷・信毎書籍印刷株式会社　製本・株式会社川島製本所
Printed and bound in Japan
ISBN978-4-15-012068-9 C0197